CETTE VIE OU CELLE D'APRÈS

Paru dans Le Livre de Poche :

CHRISTIAN SIGNOL

*Cette vie
ou celle d'après*

ROMAN

ALBIN MICHEL

© Éditions Albin Michel S.A., 2003.

ISBN : 978-2-253-11450-5 - 1ère publication - LGF

À Inès, née le 8 août 2000.

« Pour toute la nuit bue
Pour la grille des routes
Pour la fenêtre ouverte pour un front découvert
Je te l'ai dit pour tes pensées pour tes paroles
Toute caresse toute confiance se survivent. »

Paul ELUARD.

1

Elle savait cela depuis toujours, bien au-delà de toute mémoire : il faut parler aux arbres, aux plantes et aux bêtes pour qu'ils vivent bien. Comme à tous les êtres vivants. Elle était bien placée pour le savoir, elle, à qui nul ne parlait plus depuis longtemps, du moins pas autant qu'elle l'aurait souhaité. Alors, elle leur parlait quand elle passait près d'eux, et elle allait mieux, elle se sentait vivre, elle avait appris à être heureuse de quelques mots. Comme ce soir où la nuit commençait à tomber doucement sur les pentes de la montagne, les étoiles à se rapprocher de cette terre où l'on est seul, parfois, trop seul, loin de ceux que l'on a aimés, que l'on aime, et qui, ce soir comme tant d'autres soirs, ne viendront plus.

Que n'aurait-elle pas fait pour qu'ils lui répondent, ces arbres, ces fleurs, ces étoiles ! Et comme elle en aurait été heureuse, apaisée pour quelques instants, quelques minutes ! Et pourtant elle avait choisi cette solitude. La vie vous conduit souvent vers ce que l'on feint de choisir. Parce qu'il le faut bien. Parce que, n'est-ce pas, il faut trouver les forces de continuer quand tout vous a quitté. Et on les trouve, ces forces, si l'on puise bien au fond de soi, si l'on parle aux arbres, aux bêtes, si les étoiles de l'été grandissant se penchent jusqu'à vous frôler – mon Dieu ! Cette caresse, comme il est loin le temps où des mains passaient sur sa peau, la faisaient respirer plus vite, frissonner comme une feuille dans le vent !

Elle ne se sentait pas bien du tout. A cause, sans doute, de la nuit qui se refermait sur ces montagnes où le ciel pesait de tout son poids. Elle avait une fille, mais elle vivait loin et venait rarement la voir. Il ne lui restait que le souvenir de Julien, et elle l'entretenait fidèlement dans l'espoir que jamais sa voix, ses mains ne s'éloigneraient d'elle, ne l'abandonneraient tout à fait, ne la déserteraient, ne creuseraient davantage, dans son cœur, cette plaie qui ne guérirait jamais.

Elle descendait chaque matin au village : trois cents mètres pour acheter son pain et ce qu'il lui fallait chez les commerçants, croiser quelques enfants, des petites filles vives et gracieuses comme des mésanges – et ces jeunes vies, tout à coup, ressemblaient à la sienne, c'était hier, il

12

était si beau le « doux oiseau de la jeunesse ». Où avait-elle lu cela ? Dans l'un de ces nombreux livres qu'elle avait achetés après la disparition de Julien, mais elle ne se rappelait pas le nom de l'auteur. Ce qu'elle se rappelait, quand elle pensait aux livres, c'est qu'ils lui avaient permis de survivre dans sa terrible solitude. Mais elle n'avait pas envie, ce soir, de se souvenir de cette période de sa vie.

D'ailleurs, de quoi se serait-elle plainte ? Il était resté longtemps posé sur son épaule, le doux oiseau de la jeunesse. Alors ? Ici, près des étoiles, elle avait tout le temps de revivre le meilleur et d'oublier le reste. Elle avait tout le temps aussi, les soirs d'été, de regarder les lumières qui clignotaient dans le village, pareilles à des étoiles qui seraient tombées sur la terre. En bas, à Chalière, c'était le village du bonheur, celui de son premier poste de maîtresse d'école, celui, aussi et surtout, où elle avait rencontré Julien. C'est pour cette raison qu'elle avait voulu revenir ici, alors qu'elle s'était habituée aux plaines, s'était fait un nid où se protéger du froid de la vie.

Derrière, c'était la montagne : des sapins, des mélèzes, des hêtres, des pentes abruptes, des torrents, des rochers, des glaciers, un peu de vie par-ci, par-là, le vent, le ciel, et toujours plus de solitude et de silence. Elle n'y allait guère en promenade, car le cœur lui manquait parfois, sur les chemins qui se perdaient, qui ne conduisaient nulle part. Elle préférait la sécurité de son petit chalet, de son balcon de bois d'où elle apercevait le clocher, son ancienne école, et, de l'autre côté de la vallée, la forêt de la Loubière, Valchevrière, les hautes crêtes qui retombaient vers Corrençon. Son jardin aussi, qui la réconciliait avec cette part de sa vie où elle se penchait vers la terre, avec sa mère : la part la plus lointaine, mais non pas la moins belle.

Dans cette nuit d'août, la chaleur de l'été l'oppressait. C'est à peine si la nuit dispersait l'air lourd, épais, qui stagnait tous les jours, depuis une semaine. Il sentait la pierre, les forêts, la neige fondue. Il sentait l'été, que les étoiles éclairaient magnifiquement, et qui parlaient des autres mondes, ceux dans lesquels veillent les disparus.

– Il faut bien qu'ils soient quelque part, murmura-t-elle.

Car elle parlait à voix haute, souvent, pour entendre une voix, même si ce n'était que la sienne. Parfois, elle s'interpellait en souriant :

– Qu'est-ce que tu fais, Blanche ?

Aujourd'hui, plus personne ne l'appelait Blanche. Si elle avait longtemps détesté ce prénom qui lui rappelait trop l'hiver et le Ver-

14

cors de son enfance, depuis qu'elle y était revenue, elle aimait de nouveau l'entendre. C'était
alors la voix de sa mère, mais aussi celle de
Julien qui sortaient de l'ombre et murmuraient
près d'elle.

inébranlable- steadfast
se colleter avec - to struggle/fight with

2

Ah ! Julien ! Elle n'avait jamais connu une telle force chez un homme. A part, peut-être, chez son propre père, un colosse qui dépassait Julien d'une tête, semblait inébranlable, indestructible, et pour cause : c'était un homme qui se colletait tous les jours avec les arbres des forêts, au pays des quatre montagnes où Blanche était née, entre Lans et Villard, au moins six mois de neige sur douze, mais un ciel d'un bleu très pur, l'été, et le chuchotement de l'eau du ruisseau qui actionnait la scierie, juste sous le col des Arcs, entre les sommets du Cornafion et ceux de la montagne Saint-Michel.

Du plus loin que se souvenait Blanche, le bois et le feu avaient toujours été très importants pour les familles du Vercors, la sienne en particulier. On brûlait le hêtre et on vendait le sapin, qui descendait l'Isère puis le Rhône vers les chantiers de la Méditerranée ou servait aux charpentiers de Grenoble et de Valence, dans ces plaines où l'on ne se rendait qu'aux beaux jours, après la fonte des neiges. En hiver, en effet, il fallait creuser la trace avec les chevaux et le chariot en forme d'étrave qu'ils tiraient difficilement, mais c'était seulement pour se rendre à Villard, à Lans ou dans les bois d'où l'on charriait les grands fûts en les faisant glisser sur la neige.

Elles étaient toujours source de conflit, ces forêts : entre les gardes forestiers et les adjudicataires qui coupaient aussi les arbres marqués en réserve, et non en délivrance, par le marteau domanial. Même le père de Blanche avait eu maille à partir avec les gardes. Outre l'exploitation de sa scierie, en effet, il achetait des coupes, faisait commerce du bois, et Blanche se souvenait d'une amende qu'il avait eu du mal à payer et qui l'avait laissé meurtri, en proie à de violentes colères.

Les arbres, la forêt, la scierie, c'était le monde des hommes. Blanche, enfant, vivait près de sa mère, qui s'occupait de la maison et cousait des gants pour un marchand de Villard pendant la journée comme à la veillée, quand on se regroupait pour écouter des histoires de l'ancien temps, des ours qui décimaient les troupeaux, des hivers interminables où l'on avait failli mourir de froid. Ces gants, Blanche les avait pris en horreur à partir du moment où elle avait dû aider sa mère, car il n'y avait plus eu pour elle le moindre moment de répit. Sa seule récompense était de l'accompagner à Villard, quand sa mère rapportait l'ouvrage exécuté, qui lui était payé à la pièce, sans tenir compte du temps passé. Blanche préférait Villard à Lans, car c'était déjà un gros bourg, avec des commerces, des vitrines, et elle rencontrait là des filles de son âge, échappant un peu à l'isolement de la scierie.

Dès l'apparition de la neige, au début de novembre, la maison devenait le cœur de la vie, mais aussi ses limites. Blanche, du moins pendant les premiers jours, ne détestait pas cet isolement. Le silence d'étoupe autour des murs épais, la pelisse blanche qui habillait les sapins de la pente, les massifs immaculés qui étincelaient sous le soleil ou épaississaient la brume lui donnaient alors l'impression de vivre dans un monde clos, sans le moindre danger. Non, le danger rôdait dehors, où l'on pouvait se perdre et, surtout, à la lisière des forêts où les grands fûts abattus dévalaient les pentes sans que rien ni personne pût les arrêter.

– Sois prudent ! recommandait la mère quand son époux partait, à l'aube, pour le débardage.

Il haussait les épaules, ne répondait pas, mais Blanche gardait dans un coin de sa tête ces quelques mots qui l'empêchaient d'être vraiment heureuse, là, dans l'odeur du hêtre brûlé, du pain chaud que la mère cuisait dans le four attenant

18

et qu'elle rangeait dans le râtelier accroché au mur de la pièce commune.

Et puis l'hiver s'installait vraiment, on ne voyait plus la trace dès que la neige retombait, tout s'arrêtait, excepté le débardage du bois. Le seul moment de joie, dans cet immobilisme d'une extrême blancheur, c'était la messe de minuit, à Noël, dans l'église de Villard. A condition que la trace fût suffisamment dégagée, le père les conduisait, la lanterne accrochée sur le char, et c'était le seul moment où ils se trouvaient ensemble sans devoir travailler. Blanche aimait passionnément les lumières de l'église, l'or du retable, les chants qui montaient vers les voûtes sous lesquelles les hommes et les femmes paraissaient ne plus rien redouter de l'hiver. A la fin, tous s'attardaient dans la nef le plus longtemps possible pour ne pas affronter le froid du dehors.

Il le fallait, pourtant. Quelquefois il neigeait, plus rarement le gel durcissait les étoiles qui semblaient éclater au-dessus de la montagne et retomber en pluie de glace sur la terre. Les cloches sonnaient tandis que les chars se mettaient en route, cherchant la trace, passé les dernières maisons, hésitant dans la nuit à la lueur vacillante des lanternes. Blanche se blottissait contre sa mère, fermait les yeux, confiante dans son père qui tenait les rênes.

Une fois à l'abri, près de la grosse souche qui avait préservé le feu, ils mangeaient des bugnes, ces beignets de pâte frite et délicieusement sucrés que la mère de Blanche savait si bien confectionner. Puis, très vite, Blanche allait se coucher, rêvant aux sabots en chocolat qui l'attendraient au matin, ornés chacun d'un Jésus rose et bleu.

3

Se coucher. C'était l'heure. Le vent avait fraîchi à présent et les lumières, en bas, s'étaient
éteintes une à une. Blanche frissonna, rentra,
ferma la porte derrière elle, se tourna machinalement vers la cheminée où, en cette saison, ne
flambait plus aucune bûche. Le bois, pour elle,
était vraiment un souci. Oui, un vrai souci, parce
qu'elle n'avait plus la force de le monter depuis
l'abri installé le long du mur. Alors elle trans-
portait deux ou trois bûches, l'une après l'autre,
et ce n'était pas facile, surtout l'hiver, quand les
marches étaient verglacées.

Aussi s'y prenait-elle longtemps à l'avance,
dès le début de l'été, persuadée que les flammes
la consoleraient de tout, la renverraient vers les
heures d'enfance, près de sa mère, puisque c'est
là qu'il faisait le plus chaud, puisqu'elle n'avait
plus rien, sinon une fille qui promettait de venir
mais ne venait jamais, ou des souvenirs qui lui

enlisaient l'âme dans la conviction de pertes injustes et douloureuses.

Sa fille, Evelyne, vivait à Marseille, et elle écrivait parfois que tout allait bien, qu'elle allait venir, qu'elle arriverait dans trois jours. Mais, chaque fois, Blanche attendait en vain. C'était étrange, tout de même, cette manière qu'avaient les enfants de se détacher de leurs parents, aussi soudainement, aussi totalement que les fruits de leur arbre. Pourtant, elle lui avait longtemps ressemblé, sa fille. Elle était si forte, si indépendante, si sûre d'elle. Elle ne connaissait pas encore les brèches que creuse le temps dans le corps, dans le cœur, ni la somme de courage qu'il faut déployer, parfois, pour seulement continuer, pour trouver les plus menus trésors, les plus infimes joies dans la vie qui s'en va, qui s'en va.

Blanche sortit la dernière lettre du tiroir de son bureau placé face à la cheminée et sur lequel reposaient les ustensiles qui l'avaient accompagnée durant toute sa vie : une règle en bois dur, lustrée par les ans, un encrier vide, des livres et des cahiers recouverts de ce papier bleu nuit que l'on utilisait, alors, dans les écoles. « Oui, disait la lettre, je pense pouvoir venir aux alentours de la fin août, du moins si je ne trouve rien d'urgent à mon retour des Antilles. Tu sais combien je pense à toi et combien je regrette que tu vives

22

si loin. Il faudra bien que nous ayons une conversation sérieuse sur l'avenir. En attendant, je t'embrasse et je te serre dans mes bras. »

La serrer dans ses bras. Qu'elle arrive vite, cette fille si occupée, si chaleureusement lointaine ! Blanche aimerait tellement l'écouter, ou plutôt lui parler, lui confier tous ces jours qui avaient embelli sa vie au temps où Julien vivait près d'elle, ces jours qui avaient coulé sans qu'elle pût en profiter pleinement, et dont le souvenir, pourtant, était indispensable à sa vie.

Aussi, comme elle ne pouvait pas parler, Blanche écrivait. Dans un beau cahier, avec des pleins et des déliés, comme elle avait appris, il y avait si longtemps, à l'Ecole normale. Elle y racontait sa vie, persuadée qu'un jour quelqu'un lirait ces lignes, qu'il n'était pas possible qu'une vie comme la sienne demeurât secrète, méconnue. Il ne s'agissait pas d'orgueil, non. Il s'agissait d'exister encore, de ne pas se laisser mourir, de faire confiance au peu de vie auquel elle avait droit, sans déranger personne. Ce soir aussi, elle allait écrire. Un peu. Un tout petit peu, parce les étoiles brillaient trop au-dessus de la montagne. Et que c'étaient les mêmes qu'elle regardait avec Julien, les soirs d'été, avant le grand malheur.

4

Elle l'avait toujours pressenti, sans doute, car dès son plus jeune âge elle avait voulu s'échapper de ces montagnes qui enfermaient le plateau dans sa solitude glacée pendant de longs mois. Enfant, elle n'y était parvenue que par les rêves. Ces rêves découlaient des récits que son père faisait de ses voyages quand il livrait son bois. Il parlait d'Autrans, de Méaudre, qui se situaient de l'autre côté du col de la Croix-Perrin et faisaient partie du canton des quatre montagnes, mais aussi du col de l'Arc qui permettait de passer de l'autre côté, vers Prélenfrey, Monestier, la grand-route d'en bas vers la Méditerranée. Une fois, il était allé à Die par le col de Rousset, traversant les villages du haut plateau : Saint-Martin, La Chapelle, Vassieux, Saint-Agnan.

Mais le mot magique qu'il prononçait avec une étrange gravité dans la voix, c'était « Grenoble ». La grande ville, là-bas, en bas, sous le promontoire de Saint-Nizier-du-Moucherotte où le père avait emmené une fois Blanche et sa mère. Alors, Blanche l'avait vue, la grande ville, dormant au bord de la rivière, cernée par de hautes montagnes dont les sommets paraissaient plus élevés que ceux du plateau. Elle l'avait vue et ne l'avait jamais oubliée. Ce devait être en juin, le temps était clair et doux, il n'y avait pas le moindre nuage dans le ciel. Elle avait compris ce jour-là qu'il existait autre chose que les murs de neige et les traces sans cesse effacées, que la vie existait ailleurs et que, sans doute, elle était plus belle, plus grande que celle que l'on menait sur cet inaccessible plateau.

C'est seulement à l'école de Villard qu'elle découvrit la liberté. Bizarrement, l'école était plus fréquentée en hiver qu'en été malgré les difficultés de transport. Parce que les enfants, pour la plupart fils de paysans, aidaient aux beaux jours leurs parents contraints de venir rapidement à bout des foins et des moissons. Il fallait se hâter, car la belle saison ne durait pas. Pour Blanche, ces beaux jours représentaient une sorte de délivrance : elle pouvait se rendre à l'école chaque matin sans attendre la trace, rentrer le soir sans se presser, et les jours étaient longs, lumineux, pleins de vie. Elle allait aussi au catéchisme, et se trouvait souvent à l'extérieur, se sentait ivre de cette liberté tellement espérée, heureuse de n'être plus prisonnière et de pouvoir participer à toutes les fêtes des deux villages, que ce fût à Lans ou à Villard.

Le 1er mai, elle courait avec les enfants de maison en maison pour demander des œufs, que les mères de famille, à tour de rôle, faisaient cuire en omelette. Pour la Saint-Jean, personne ne travaillait, et l'on montait au col de l'Arc en chantant, accompagnés par un joueur d'accordéon. Parfois, grâce à son père, Blanche assistait au grand repas de la Révole au terme de la moisson et, à la fin du mois d'août, elle suivait dévotement la procession qui parcourait la vallée, s'arrêtant aux croix, pour attirer la bienveillance divine sur les champs et les prés.

A partir du printemps, l'eau de la fonte des neiges alimentait le ruisseau qui actionnait la scierie, et la maison retrouvait toute son activité : les cris des fardiers déchargeant les grumes, le miaulement de la scie dans les fûts de sapin, les conversations animées des marchands venus les acheter depuis les vallées, les meuglements des vaches ou les hennissements des chevaux de trait. La neige avait fondu. Il semblait à Blanche qu'il n'y aurait jamais plus d'hiver, que la vie, toujours, éclaterait sous le soleil, pour le plus grand bonheur des enfants du plateau.

Mais l'hiver, inexorablement, revenait en novembre, déversant les premières chutes de neige sur les sommets avant de descendre en quelques jours sur le plateau. Heureusement, l'école permettait à Blanche de continuer de rêver. A sept ans, elle avait fait connaissance avec une jeune maîtresse venue de Grenoble, et cette femme, très vite, avait personnifié ce que Blanche désirait devenir. Car elle parlait volontiers de la ville à ses élèves, des grandes avenues où jouaient les lumières, des jardins couverts de fleurs, des boutiques où l'on trouvait de tout, des foulards de soie comme des robes à volants.

Ce n'était pas la richesse entrevue qui attirait Blanche, c'étaient les couleurs et le mouvement. Le contraire, en fait, de ce qu'elle vivait la moitié de l'année : le blanc, le gris, l'immobilisme, l'absence d'espoir. Il y avait tant de vie en elle qu'elle devinait dans les récits de sa maîtresse des rencontres, des rires et des fêtes pleines de surprises et de joie. Elle hésita longtemps avant de s'en ouvrir à sa mère, s'y décida un jour où la vie lui paraissait plus fermée que jamais, affirmant que plus tard elle deviendrait maîtresse d'école et vivrait à Grenoble.

– Tu n'y penses pas, ma fille ! s'était indignée sa mère. C'est chez nous, ici. Cette maison te reviendra un jour et ton mari fera marcher la scierie comme ton père aujourd'hui.

Blanche se le tint pour dit mais ne renonça pas. Au contraire, elle se dit que la seule manière de réaliser son rêve, c'était de travailler tellement bien à l'école que ses parents ne pourraient que s'incliner. Ce qu'elle fit, avec application, courage et espoir. Les félicitations de sa maîtresse l'y aidèrent, sans doute de la même manière qu'elle-même aiderait, plus tard, ses meilleurs élèves à devenir ce à quoi ils aspiraient. Mais les traditions et la famille, alors, pesaient tellement sur les enfants que le combat lui avait longtemps semblé sans issue...

tâter to feel.

Blanche reposa sa plume. C'était assez pour ce soir. Elle se leva, se prépara à la nuit, fit un peu de toilette dans sa petite salle de bains, passa dans sa chambre, entra dans le lit où elle dormait seule depuis trop longtemps. Elle s'allongea sur le dos, tâta de la main droite à côté d'elle : non, il n'y avait personne. Pareil avec la main gauche : non, pas davantage. C'était comme ça. Il fallait s'y faire. Mais Evelyne allait venir. Dix jours à attendre, ce n'était pas beaucoup. Elle était fière que sa fille fût avocate. C'est pourquoi elle lui trouvait toutes les excuses possibles : Evelyne aimait les voyages, les pays lointains, elle préférait la mer à la montagne, même l'hiver. Mais cette année, elle viendrait, c'était sûr. Même si ce n'était que pour quelques jours. Alors, Blanche ne serait plus seule dans la mai-

son, quelqu'un lui parlerait, elle aurait moins
froid, comme ce soir, malgré l'été, la chaleur
au-dehors. Elle s'endormit en pensant à l'enfant
qui ne la quittait pas du regard, là-bas, très loin,
sur les bancs de l'école, un regard dans lequel
elle lisait une confiance éperdue.

5

Un bruit familier la réveilla. Le vent avait tourné au sud et une branche du mélèze grattait la clôture en bois, en bas du jardin. Elle savait qu'elle ne pourrait pas se rendormir. Elle se leva pour ne plus entendre ce bruit qui l'angoissait. Car elle avait peur des arbres. C'est pour cette raison qu'elle leur parlait, pour s'en faire des amis, des alliés, pour combattre le souvenir : c'est un arbre qui avait tué son père.

Elle s'assit dans son fauteuil, face à la cheminée qui ne brûlait pas, ne la réchauffait pas comme elle l'aurait souhaité. Elle redoutait terriblement ces heures de la nuit où l'on ne dort pas. En vieillissant, l'on dort de moins en moins, hélas, et c'est pourtant à ce stade de la vie qu'il faudrait dormir. Pour oublier que les enfants ne viennent pas, que l'espace autour de soi s'amenuise, que les forces déclinent, que l'on est seul la nuit, avec son courage, ses peurs qui viennent de l'enfance, de la vie, et que tout le bonheur que l'on a connu n'a pas réussi à éteindre. Le bonheur avec Julien, surtout. Quelque chose de grand, de magnifique, dont elle avait rêvé sans trop y croire et qui s'était posé sur elle avec une immense douceur, à l'âge où on l'attend, où on l'espère et où l'on sait si bien le reconnaître.

Et pourtant, il avait été long le chemin qui l'avait conduite vers lui. Il avait fallu que le destin s'en mêle pour qu'elle parvienne à atteindre son but. A douze ans, en effet, Blanche avait dû renoncer à son rêve d'enfant. Sa maîtresse n'avait pas réussi à fléchir ses parents : non, elle ne pourrait pas poursuivre d'autres études que celles qui conduisaient au certificat. Ce n'était pas envisageable. Son devoir était d'aider sa mère avant de trouver un mari qui pourrait prendre la suite à la scierie. Il n'y avait pas à discuter. Et d'ailleurs cette vie-là était enviable, il y avait beaucoup d'enfants, sur le plateau, qui auraient bien voulu vivre la pareille.

Blanche s'était résignée, car ni son âge ni son éducation ne lui permettaient de s'opposer à ses parents. Le rêve, cependant, demeurait dans un coin de sa tête : Grenoble, ses lumières, ses avenues, ses parcs pleins de fleurs. Peut-être, tout de même, pourrait-elle y travailler un jour, même si elle ne devenait pas maîtresse d'école ?

Elle avait treize ans quand le grand malheur était arrivé. Un hiver, bien sûr, elle n'avait jamais pu l'oublier. Il avait beaucoup neigé, puis le temps s'était éclairci et il avait fait très froid, beaucoup plus froid qu'à l'ordinaire. Le père partait avant le jour pour le débardage sous les crêtes. Un matin, vers onze heures, un énorme fût de sapin avait fusé sur la neige gelée, fauchant les hommes et l'attelage. Ils avaient été précipités contre les troncs qui attendaient le transport au bas de la pente. Tous étaient morts, les trois hommes comme les bêtes. Blanche se souvenait de sa mère accablée par la douleur, du grand corps sur le lit près duquel on avait placé un rameau de buis, de la main qui tenait la sienne à l'église, du grand silence au retour dans la maison où l'homme n'était plus là.

Elle avait eu peur, très peur, car elle avait compris que le bonheur, contrairement à ce qu'elle avait cru, n'était pas un dû de l'existence, qu'il pouvait se briser comme glace. Surtout ici, sur ces terres de montagne trop souvent prises par la neige, ces pentes abruptes sur lesquelles les arbres s'abattaient avec des craquements sinistres comme pour maudire les hommes, peut-être même se venger d'eux.

Dès lors, elle s'était mise à détester ce lieu où elle était née mais qui venait de la blesser si cruellement, et elle n'avait eu plus qu'une idée en tête : partir. Elle avait su trouver les mots pour en persuader sa mère. Celle-ci, désespérée, ne sachant que faire de la scierie, avait fini par la vendre et, avec l'argent ainsi obtenu, consenti à partir pour Grenoble où le gantier de Villard l'avait recommandée au directeur de la fabrique pour lequel il travaillait. En moins de six mois, à cause d'un malheur dont elle demeurait inconsolable, le rêve de Blanche s'était réalisé.

La mère avait trouvé un appartement dans le centre-ville, au bord d'une grande avenue qui conduisait à la mairie, et Blanche avait pu rejoindre l'Ecole primaire supérieure à la rentrée suivante. Cependant, le chagrin de l'une comme de l'autre ne diminuait pas : il s'entretenait, au contraire, de l'évocation journalière de celui qui n'était plus là et leur manquait terriblement. Autant Blanche était jeune et pleine de vie, autant sa mère avait du mal à se remettre de l'épreuve. Et, pourtant, la ville s'offrait à elles dans toute sa beauté : elles se promenaient le jeudi et le dimanche dans le jardin public ou le long de l'Isère, assistaient à la messe dans la cathédrale, s'attardaient aux vitrines et s'étonnaient qu'il n'y eût pas de neige dans les rues en novembre, alors que les montagnes, là-haut, étaient déjà blanches et scintillaient sous le soleil. La mère cousait des gants à domicile et non pas à la fabrique, mais elle ne s'en plaignait

s'attarder - to langer

pas. Elle retrouvait ainsi des habitudes qui la rassuraient après un changement de vie si brutal. Sa fille représentait désormais sa seule consolation, sa seule source de bonheur, et elle comptait les minutes qui la séparaient du retour de Blanche quand la petite se trouvait à l'école.

Là, tout se passait bien. Blanche savait que l'Ecole primaire supérieure représentait sa seule chance de choisir sa vie et non de la subir. Ses résultats scolaires étaient à la hauteur de l'énergie qu'elle déployait pour devenir indépendante, ne pas se trouver un jour dans la situation dans laquelle s'était trouvée sa mère à la mort de son mari. Obligée de vendre, de se mettre à travailler jour et nuit pour gagner un peu d'argent, si peu qu'elle voyait avec angoisse fondre les économies rapportées du plateau.

D'ailleurs elle travaillait tellement qu'elle tomba malade et dut s'aliter. Alors elle se persuada qu'elle ne pourrait pas maintenir Blanche à l'école le temps nécessaire pour qu'elle atteigne son but, et elle s'en désespéra. En réalité, elle souffrait d'un mal implacable que l'on ne savait pas encore soigner, mais qui l'emporta en moins de six mois. Six mois de souffrance, de solitude dans une chambre sans chaleur, puis à l'hôpital où elle mourut une nuit, loin de sa fille qui n'avait pas été admise à rester à son chevet.

Blanche, à quatorze ans, avait déjà vu disparaître son père et sa mère. Elle était seule. Comme aujourd'hui. Comme cette nuit, dans un silence qui l'oppressait, guettant des voix qui s'étaient tues à jamais.

6

Elle se leva, passa dans la cuisine, se fit du thé, regretta terriblement de ne plus avoir de chat ou de chien. Elle les aimait beaucoup, mais comme les hommes les bêtes meurent. Et elle en avait trop vu mourir près d'elle. Elle se souvenait de leurs yeux, de leurs muets appels à l'aide, de leur douleur semblable à celle de tous les êtres vivants devant le grand saut, devant le grand secret. Et cependant à eux, du moins, elle avait pu parler.

Ce n'était pas de la mort en soi qu'elle avait peur. C'était de la vie. Enfin, peur, pas tout à fait. Elle avait trop d'espoir en elle. Elle lui en demandait trop, encore, à la vie. Car elle savait qu'elle pouvait encore beaucoup donner, que pour donner elle trouverait suffisamment de forces, mais donner à qui ? Elle avait donné aux enfants des écoles toute sa confiance, tout son savoir, elle avait donné à sa famille tout ce qui lui restait : la force et la douceur, la joie et le courage. Toute sa vie, elle n'avait fait que donner et, aujourd'hui, elle n'avait plus personne à qui donner. C'est dur, quand on a été habitué à penser aux autres avant de penser à soi. C'est atroce de se souvenir comment on s'agenouille devant un enfant pour nouer une écharpe autour de son cou, pour essuyer une larme, pour consoler, pour embrasser.

Puis les enfants grandissent et l'on ne peut plus s'agenouiller devant eux. Ils s'en vont, et l'on reste là, seul au monde, à esquisser des gestes qu'on arrête soudain, à prononcer des mots qui reviennent en mémoire et ne servent plus à rien, sinon à se sentir vivant. Des amis, en effet, elle n'en avait guère. Edmond, qui habitait un peu plus haut et qui l'aidait à rentrer son bois, mais qui vieillissait aussi, se déplaçant de plus en plus difficilement ; quelques commerçants d'en bas, mais ce n'étaient que de vagues relations, et d'ailleurs Blanche n'en souhaitait pas davantage.

Cette nuit, elle se demandait une nouvelle fois pourquoi elle était remontée ici au lieu de rester à Nyons où elle se sentait bien. Elle avait tellement souhaité partir quand elle était enfant ! Elle y était parvenue, elle vivait dans la grande plaine d'en bas. Alors ? Qu'est-ce qui l'avait poussée à revenir sur ce plateau paralysé pendant cinq mois l'hiver ? Elle le regrettait parfois : qui sait si sa fille ne viendrait pas plus souvent la voir si elle habitait dans une ville ?

Elle se leva, sortit d'un tiroir la lettre d'Evelyne : cette fois c'était sûr, elle allait venir. Il faudrait bientôt préparer la chambre, veiller à ce que rien ne manque à cette enfant qui avait grandi si vite, tellement vite, qui la dépassait d'une tête, qui se moquait d'elle gentiment :

– Enfin, maman, qu'est-ce qui t'a pris de grimper jusqu'ici ? Tu n'étais pas bien à Nyons ? Nous n'étions séparées que par deux heures de route.

– Il faut croire que non.

– Tu as de ces idées, tout de même !

Oh ! Oui, des idées, Blanche n'en manquait pas ! Surtout la nuit, quand tout était silence autour d'elle, qu'elle sentait battre son cœur, qu'elle aurait voulu tellement dormir.

Un jour qu'elle n'en pouvait plus de silence, elle avait fait installer un tableau noir derrière son bureau. Moins grand que dans les classes où elle enseignait, certes, mais un tableau tout de même. Alors, parfois, la nuit, elle écrivait des leçons au tableau, elle faisait l'école à des ombres, corrigeait des devoirs, expliquait, écoutait si par hasard dans la pièce d'à côté elle n'entendrait pas la voix de Julien. Et elle l'entendait, parfois, si nettement qu'elle en tremblait, qu'elle l'appelait, mais doucement, très doucement, parce qu'elle avait un peu peur. Une nuit, il avait poussé la porte, elle l'avait vu nettement entrer, venir vers elle, elle avait tendu les bras, mais il ne l'avait pas vue. Avant qu'elle ait eu le temps de se retourner, il avait disparu. Elle avait cru qu'elle était devenue folle. Depuis, elle se méfiait. Elle parlait à voix haute pour peupler le silence, appelait les enfants par leur prénom, les tançait quand ils se trompaient ou les félicitait et, de temps à autre, ils lui répondaient.

Cette habitude l'apaisait. Alors, elle pouvait se recoucher, elle lisait quelques pages de ce qu'elle avait écrit pendant la journée, les corrigeait, puis elle s'endormait en écoutant des enfants sans visages réciter des vers qu'elle avait soigneusement choisis dans les livres précieux, amoureusement couverts de bleu. Ils l'accompagnaient vers le sommeil, indéfiniment répétés par une voix qui ressemblait toujours, à cette heure-là, à celle de sa fille :

« Odeurs des pluies de mon enfance
Derniers soleils de la saison
A sept ans comme il faisait bon
Après d'ennuyeuses vacances
Se retrouver dans sa maison. »

se méfier de qqn/qqch not totrust sous ong
to be wary of savettorg
méfie-toi! - watch it !

7

Elle se réveilla brusquement avec le jour. Par jeu, elle regarda sa montre et feignit d'être en retard. Il n'était que sept heures, pourtant, mais elle se leva très vite, imaginant qu'elle allait devoir allumer le poêle de l'école. D'habitude, allumer sa cheminée l'aidait à se croire dans une salle de classe, mais on était seulement à la fin du mois d'août et elle ne chauffait pas encore sa maison. Elle rêva un moment à l'odeur du papier journal embrasé, aux brindilles qui craquent, à la fumée qui monte ; elle inspira de l'air qui ne sentait que l'eau de lavande avec laquelle elle se parfumait légèrement, et, tout en faisant sa toilette, elle songea à cette époque de sa vie où elle s'était retrouvée seule, sans père ni mère. Pas tout à fait, heureusement, car sa mère avait une sœur aînée qu'elle ne fréquentait guère, du fait qu'elle habitait Valence. Elle s'appelait Marthe et s'était mariée avec un marchand venu vendre son vin au pays des quatre montagnes, vingt ans auparavant. Marthe avait suivi le marchand qui, en deux visites à Lans, séduit par sa beauté rieuse, lui avait proposé le mariage. *cheerful/laughing*

Elle n'était jamais revenue dans le Vercors, sinon pour les obsèques de son beau-frère, puis, cette année-là, pour celles de sa sœur. Elle était belle, gaie, heureuse avec son époux et avait une fille prénommée Louise, qui, plus âgée que Blanche, avait déjà quitté la maison familiale pour Avignon où elle s'était mariée. Marthe avait accepté de prendre Blanche avec elle, d'autant que, grâce à son mari, ils vivaient dans une certaine aisance, là-bas, à Valence, dans la plaine, loin de la neige des montagnes d'où elle n'avait pas hésité à s'enfuir, persuadée, comme Blanche l'était, que la vie se révélait dans le mouvement et non la paralysie, dans la chaleur et non dans le froid, là où les routes étaient dégagées tout au long de l'année, où rien ne limitait l'horizon, n'interdisait la réalisation des rêves les plus fous.

Voilà comment Blanche avait découvert la grande ville, les vallées, le soleil, les vignes et les vergers, la belle maison au crépi ocre, aux tuiles roses, dans laquelle elle allait vivre désormais, sur le grand boulevard qui menait à la gare, entre l'église Sainte-Apollinaire et le Champ-de-Mars. Le mari de Marthe, qui s'appelait Fernand, était souvent absent, mais chaque fois qu'il rentrait de ses tournées, il rapportait des cadeaux, manifestait une gaieté bruyante qui contrastait avec la sévérité sombre du père de Blanche. Celle-ci s'étonnait de cette différence, aussi bien que de celle existant entre sa mère, souvent inquiète et silencieuse, et Marthe qui ne ressemblait pas du tout aux femmes du plateau. Elle n'était pas brune mais blonde, plutôt mince, avec des gestes gracieux, des manières de femme habituée à un certain luxe. Car on ne manquait de rien dans la maison du négociant, et cela se voyait : c'était la maison de l'insouciance et du bonheur.

Ainsi, Blanche n'eut-elle pas de grandes difficultés à s'adapter à son nouveau foyer. En octobre, elle entra en deuxième année à l'Ecole primaire supérieure et elle oublia la douleur d'avoir enterré sa mère peu de temps après avoir perdu son père, ou du moins fit comme si. La blessure était là, cependant, toujours présente en elle, mais cette nouvelle vie l'aidait à cicatriser. Elle se fit des camarades, que Marthe invitait le jeudi dans la grande maison aux tuiles roses, étudia de toutes ses forces pendant les trois années qui suivirent, jusqu'au brevet et le concours d'entrée à l'Ecole normale.

A seize ans elle était grande et fine, brune avec des yeux verts, n'osait lever les yeux vers les hommes ni les garçons qu'elle croisait matin et soir sur le chemin de l'EPS. Sa tante lui avait expliqué ce qu'il fallait savoir à ce sujet. Elle s'efforçait d'imaginer à quoi ressemblerait son futur mari, mais elle n'y parvenait pas : quoi qu'elle fît, son mari ressemblait toujours à son père, et son père était mort. Il n'y avait pas d'issue de ce côté-là. Du moins, pas encore.

Puis ce fut le temps de l'Ecole normale. Blanche revenait chaque fin de semaine à la maison, travaillait beaucoup, car elle savait que le temps lui était compté. Depuis le grand bâtiment en forme de U de l'école, dont la partie centrale était surmontée d'un clocheton à horloge, elle apercevait le clocher de Sainte-Apollinaire qui se détachait sous un ciel souvent bleu, les collines vertes, jamais blanches, couvertes de vergers et de fleurs, et elle s'étonnait de se trouver si loin des quatre montagnes, se demandait si elle n'avait pas rêvé sa vie d'avant. Les tuiles rondes, si différentes des grandes lauzes grises du plateau, dominaient un monde qu'elle s'appropriait peu à peu, avec précaution, en dehors des heures d'école. Il lui semblait, qu'au contraire du Vercors, ne régnait en ces lieux aucune menace – aucune menace mortelle en tout cas. Il n'existait dans ces rues, dans cette cité aux lignes douces, qu'une passion pour le soleil et pour la vie.

8

Tout de même ! Comme le temps passe vite ! Est-ce donc si court, si fragile, une vie ? se demanda-t-elle en descendant vers son jardin que le soleil, ce matin, parsemait de flaques d'or. Mais oui, elle le savait bien que la vie d'un homme, ou d'une femme, dure peu, guère plus que la vie d'une rose. C'est d'ailleurs pourquoi elle les aimait, les roses, qu'elle les protégeait, qu'elle les défendait contre la fanaison, comme si elle s'identifiait à elles, comme si elle se sentait aussi fragile qu'elles.

Elle avait ses préférées : la « Fée des neiges », d'un blanc très pur, qui fleurit de mai jusqu'aux gelées et que le froid fait rosir ; les « Clair matin », aux pétales ondulés couleur saumon, qui éclairent merveilleusement un feuillage d'un vert très sombre ; les « Pierre de Ronsard », plus robustes, qui fleurissent même à mi-ombre et qui lui donnaient l'illusion, parfois, qu'elles ne mourraient jamais. Et, cependant, elles mouraient. D'ailleurs, en septembre, ici, elles donnaient leurs dernières fleurs. Qu'importe ! Blanche s'en occupait, les caressait, leur parlait, elle dont la vie si longue l'étonnait – pourquoi faut-il continuer à vivre quand sont morts tous ceux que l'on a aimés ?

Elle ne devait pas s'en cacher. Elle avait songé à mourir quelquefois, quand la douleur était trop forte, après les épreuves qui avaient failli la détruire. Et, pourtant, elle avait continué. Non parce qu'elle n'avait pas eu le courage d'en finir : le courage, elle savait ce que c'était. Le monde extérieur l'avait simplement fait basculer du côté de la vie. Sa beauté l'avait retenue, attachée, et elle s'en était remise à lui, même si, parfois, elle fermait les yeux, souhaitant que tout s'arrête enfin, que s'il y avait un espoir de rejoindre Julien quelque part, elle pût enfin le vivre, cet espoir, et le retrouver, lui à qui elle pensait chaque jour, chaque nuit, depuis qu'il était parti.

Elle savait très bien que si elle était revenue à Chalière, c'était parce qu'ils s'étaient connus là, et que là ils avaient vécu le peu de temps de leur bonheur. Elle avait eu besoin de se rapprocher de lui, tenter de retrouver le chemin heureux de sa vie. Ainsi, chaque matin, en allant faire ses courses, elle passait devant le grand tilleul de la mairie, marchait jusqu'à la vieille école, s'arrêtait dans la cour. Elle attendait, regardait

le portail par lequel il était arrivé la première
fois, l'appelait dans le secret de son cœur :
Viens ! Viens ! Mais il n'apparaissait jamais.
Alors, elle l'imaginait, revoyait ses cheveux
bruns et drus, ses yeux noirs, ses bras aux muscles longs et souples, et ressentait si intimement
cette force qui se dégageait de lui, si douloureusement, qu'elle fermait les yeux.

Blanche acheta son pain, une tranche de
jambon, peu de chose, en somme, car il lui fallait
si peu pour vivre ou feindre de vivre. Une fois
chez elle, elle transporta quelques bûches du jardin jusque sous l'abri du balcon, se reposa quelques minutes car elle s'essoufflait vite, puis elle
redescendit s'occuper de ses fleurs. Trois étaient
fanées, mais trois étaient écloses. La mort, la vie,
sans que l'on sache rien, jamais, du grand secret.
Et c'est cela qui pèse, car on voudrait savoir où
ils sont, ceux qui sont partis, les aider, peut-être,
ou seulement les rassurer de la voix, leur dire
que l'on pense à eux, qu'ils ne sont pas seuls –
peut-être ont-ils très froid et on voudrait les prendre dans nos bras.

Elle remonta lentement les marches en serrant
la rampe de sa main droite, regarda l'heure : pas
même dix heures. Elle soupira, s'assit à son
bureau, sortit le cahier dans lequel elle écrivait
sa vie, se sentit soudain moins oppressée, car
écrire sa vie représentait le plus proche chemin

des retrouvailles avec ce qui n'était plus, ne serait plus jamais. Ecrire sa vie, c'était un peu la revivre. C'était un peu de bonheur, fragile comme un parfum de rose, mais du bonheur quand même.

Elle s'appliqua à former les lettres comme on le lui avait appris, il y avait si longtemps. Plus de cinquante ans, en fait, mais qu'est-ce que cela signifiait ? Depuis que Julien avait disparu, les jours ressemblaient aux jours, le temps ressemblait au temps. Le corps de Blanche s'était usé, avait vieilli, elle ne s'en était même pas rendu compte. Elle avait fini par comprendre que ce n'est pas le temps qui fait vieillir, c'est l'absence de vie autour de soi. Surtout depuis qu'elle avait dû quitter l'école et les enfants. Huit ans de cela. Huit ans que pas un enfant ne lui avait adressé la parole. Huit ans qu'elle ne leur parlait plus qu'en rêve, devant un tableau noir où les mots qu'elle formait d'une main tremblante n'avaient plus de sens que pour elle.

fâner - to wither, fade, wane

9

teaching skills

Elle aimait à se souvenir de l'Ecole normale, de ses préférences pour le français et la géographie. Elle étudiait aussi l'histoire, la sociologie, la philosophie et la pédagogie, cette dernière matière étant enseignée par la directrice elle-même. Elle ne souffrait pas du tout de la nourriture dont l'essentiel était composé de soupe, de pommes de terre, de bas quartiers de viande, ni du froid qui régnait dans les salles de classe et le dortoir. Le froid, elle le connaissait pour l'avoir ressenti mieux que quiconque lors de ses allées et venues à l'école de Villard-de-Lans, et même dans la maison de ses parents, toujours humide à cause de l'eau qui actionnait la scierie.

Non, ce qui lui manquait le plus, c'était la présence d'un homme sur qui se reposer, à qui faire confiance. Depuis la mort de son père, elle se sentait vulnérable, avait besoin d'être rassurée, et ce n'était pas Fernand, toujours absent, qui pouvait remplir ce rôle. De surcroît, main-

Moreover

côtoyer – to mix, with, deal with
to run alongside

tenant, elle ne vivait que parmi des femmes. Le
seul homme qu'elle côtoyait était le professeur
de mathématiques, mais il approchait de la
retraite et ne personnifiait pas ce qu'elle recher-
chait secrètement. La blessure de la mort de son
père ne s'était jamais vraiment refermée. Elle
demeurait fragile, même si elle ne le montrait
pas, sa volonté de réussir demeurant étroitement
liée à cette disparition qui les avait ébranlées si
profondément, sa mère et elle.

Elle réussit d'abord le brevet supérieur, puis
l'examen de dernière année qui donnait accès au
poste de maîtresse d'école. Il était temps, car
Fernand venait de faire faillite. Marthe pleurait,
désespérée. Blanche les aida de son mieux pendant l'été, en attendant sa première nomination
qu'elle reçut en septembre : le petit village de
Chalière, dans cette poche extrême de la Drôme
qui se trouve sur le plateau du Vercors, au-delà
du col de Rousset. Blanche croyait l'avoir quitté
à jamais et voilà que le destin l'y renvoyait. Elle
avait connu la plaine, Valence et sa douceur et,
aujourd'hui, l'académie la renvoyait vers sa
montagne. Fallait-il y voir un présage ? Elle ne
savait. Mais elle ne songea pas un instant à
revendiquer un autre poste : elle n'aurait jamais
osé. Elle se prépara donc à retrouver ses montagnes, sans véritable appréhension, se promet-

ébranler – to shake, weaken, undermine
faire faillite – to make bankrupt

49

tant simplement qu'un jour, dès qu'elle le pourrait, elle regagnerait la vallée.

Fernand la conduisit en voiture en passant par Pont-en-Royans et les gorges de la Bourne, sur une petite route qui sinuait au cœur de forêts épaisses que le soleil ne traversait pas. Il repartit en début d'après-midi, après l'avoir aidée à s'installer dans un petit logement sans commodités, au-dessus de la salle de classe : trois rangées de pupitres et un poêle dont le tuyau décrivait un coude bizarre avant de pénétrer dans le mur. Deux cartes murales, une chaîne d'arpenteur, un boulier, des bûchettes pour apprendre à compter, des livres en mauvais état, constituaient tout le trésor de cette école dont le registre de l'année passée ne comportait que vingt noms.

C'est pourtant là que Blanche, à dix-neuf ans, apprit vraiment son métier, dans cette classe qui accueillait ensemble les plus petits et les plus grands, soutenue par le maire qui l'aidait de son mieux. C'était un paysan qui avait dépassé la soixantaine, mais qui croyait aux vertus de l'enseignement. Sa femme et lui avaient une fille qui était professeur à Paris, et dont il parlait sans cesse en fermant les yeux, comme pour mieux la convoquer dans sa mémoire. Mais elle ne revenait pas souvent au village et il en souffrait. Aussi se rapprochait-il de Blanche qui la lui rappelait, bien qu'elle fût plus jeune. Il lui portait du bois, tentait de renouveler les manuels scolaires et ne tarissait pas d'éloges à son sujet lors de la visite de l'inspecteur et du délégué cantonal.

Blanche se sentait seule, pourtant, le soir, dans son logement en corrigeant ses cahiers. Elle se souvenait du temps où sa mère vivait près d'elle pendant les hivers du plateau. Sa solitude était d'autant plus grande que les parents des élèves n'étaient pas liants. Sur ces terres rudes, ils avaient d'autres soucis que de s'occuper des études de leurs enfants et les retenaient souvent pour de menus travaux. L'absentéisme était important. Blanche luttait de son mieux mais se sentait impuissante à combattre des comportements qu'elle savait âpres et proches de la survie, pareils à ceux qu'elle avait connus à Lans. Elle s'en remettait au maire pour rappeler à ses administrés que l'école était obligatoire et elle s'efforçait de se consacrer aux enfants qui, heureusement, dans la journée, peuplaient sa vie de sourires et de chants.

10

L'année d'après cette rentrée, la neige arriva dès le début de novembre et Julien avec elle. C'était un jeudi, puisqu'il n'y avait pas d'école. Blanche revenait du jardin où elle était allée ramasser des pommes de terre, quand elle aperçut un homme qui poussait le portail. D'abord, elle en eut peur, car il était vêtu de noir, puis il enleva son chapeau avant même de s'approcher d'elle, et lui sourit d'un sourire qui éclaira tout son visage.

– Vous ne pourriez pas m'apprendre à lire ? demanda-t-il d'une voix à la fois chaleureuse et brutale.

Elle n'eut pas une hésitation et répondit :

– Je peux vous apprendre à lire, mais il faut me dire qui vous êtes.

– Je ne suis rien, dit-il d'une voix humble qui serra le cœur de Blanche, mais je serai quelqu'un un jour.

Et il ajouta, sans baisser les yeux, avec dans le regard une confiance dont elle n'avait jamais aperçu l'éclat, pas même dans les yeux des enfants :

– Si vous m'aidez, madame.

Cherchant les mots qui se refusaient à elle, elle avait dit simplement :

– Suivez-moi, vous devez avoir froid.

Elle l'avait fait entrer dans son petit logement, et il s'était assis timidement près du poêle pour se réchauffer les mains.

– D'où venez-vous ? avait-elle demandé, pour briser le silence qui s'installait.

– De la forêt de Lente.

Elle réfléchit un instant, ne comprenant pas pourquoi cet homme, sorti de la forêt, était venu précisément vers elle.

– C'est la première école que j'ai trouvée, dit-il simplement.

– Et pourquoi aujourd'hui ? Il faut m'expliquer si vous voulez que je vous apprenne à lire.

Il expliqua, d'une voix calme, qu'il avait toujours vécu là-bas avec son père charbonnier, sa mère étant morte en lui donnant le jour. Son père aussi était mort, le mois dernier, du mal des charbonniers – un chaud et froid qui les emporte en quelques jours.

Elle s'étonna du fait qu'il parlât si bien pour quelqu'un qui vivait en forêt.

– C'est moi qui livrais le charbon. Je rencontrais des gens dans les hameaux, dans les écarts, un peu partout.

– Et vous vous appelez ?

– Julien Bertaud.

– Vous avez quel âge ?

– Dix-huit ans.

Il allait être midi. Elle lui avait proposé un peu de cette soupe épaisse de pain et de légumes dont elle se nourrissait essentiellement, et il avait accepté sans façon. Ils avaient commencé à manger sans oser lever les yeux, puis leurs regards s'étaient croisés et elle avait souri alors qu'il demeurait grave.

– Je veux bien vous apprendre à lire, dit-elle, mais de quoi allez-vous vivre si vous restez ici ?

– Je trouverai un emploi, je sais tout faire. Et puis, vous savez, j'ai l'habitude de ne pas manger tous les jours. Il me faut peu.

Effectivement, elle se rendit compte qu'il était d'une maigreur extrême, et qu'il se servait difficilement d'une cuillère. Il parut rapidement rassasié, sembla attendre quelque chose.

– Vous avez encore faim ? demanda-t-elle.

– Non. Je suis pressé d'apprendre.

Et il ajouta, comme elle semblait surprise :

– J'ai tellement espéré.

Chaque mot, chaque phrase prononcée par cet homme la décontenançait. Il y avait chez lui

54

quelque chose d'inconnu, quelque chose de grave, une force qui, parfois, le submergeait.

– Venez, dit-elle simplement.

Elle l'avait fait descendre dans la salle de classe, asseoir à un banc trop petit pour lui et lorsque les yeux noirs de Julien s'étaient levés sur elle, avec une telle innocence, une telle confiance – une sorte de don total –, elle en avait été bouleversée.

Alors, comme elle le faisait avec les enfants, elle avait écrit les voyelles au tableau et les lui avait fait apprendre, l'une après l'autre. Aussitôt, elle avait été subjuguée par sa mémoire et il lui avait semblé comprendre pourquoi cet homme des forêts était venu vers l'école : il avait deviné la force de son esprit et il avait senti qu'il pouvait combler le gouffre creusé entre sa vie présente et une autre, dont il ne devinait pas très bien les contours, mais qu'il pressentait plus belle, plus grande, et qui le grandirait lui aussi.

Trois heures plus tard, sans paraître faire beaucoup d'efforts, il connaissait toutes les lettres de l'alphabet. Ni l'un ni l'autre n'avait vu le temps passer. Ce jour-là avait été l'un des plus beaux, des plus heureux que Blanche eût jamais vécus. Encore aujourd'hui, en se le remémorant, quelque chose de chaud et de sacré remuait dans son cœur.

Comment aurait-elle pu oublier ce Julien-là, celui des premiers jours ? Un animal sauvage,

le gouffre chasm, abyss
combler - to fill

maigre comme un loup, sale, qui savait à peine se servir d'une cuillère, qui n'avait que la parole et les yeux d'humains, mais des yeux noirs, brillants de force et de fièvre : des yeux comme elle n'en n'avait jamais vu...

Elle posa son stylo, écarta son cahier, ferma les paupières et le revit, devant elle, comme au premier jour. Elle tendit la main, mais ses doigts ne rencontrèrent que le vide. Elle se leva, quitta son bureau, pénétra dans la cuisine et fit réchauffer cette soupe de pain et de légumes dont elle avait l'habitude de se satisfaire depuis cette époque, puis elle s'assit pour manger, mais n'y parvint pas.

Elle se réfugia tout entière dans ce matin si lointain où Julien lui était apparu accompagné par les premiers flocons de neige. Elle eut froid, comme ce matin-là, dans la cour de l'école. Alors elle se dirigea vers son tableau, écrivit d'une main tremblante les voyelles qu'une voix soudain proche répéta derrière elle, faisant délicieusement courir des frissons dans son dos.

11

to become heavier / slower / duller

Il avait beau s'appesantir, le temps, s'immo-
biliser, parfois, et les jours ressembler aux jours,
il finissait toujours par passer. Blanche s'était
levée de bonne heure ce matin-là, car sa fille
avait téléphoné la veille qu'elle arriverait vers
midi. Blanche ne savait pas au juste combien
de jours elle allait rester – pas très longtemps,
sans doute –, mais cette fois au moins elle allait
venir, c'était sûr. Blanche avait fait le ménage
dans la chambre d'amis, préparé des salades,
des ravioles, une tarte et elle s'était installée sur
le balcon pour guetter la route où apparaîtrait la
voiture. Mais il était trop tôt encore. Qu'importe ! Elle attendait, le cœur gonflé de joie,
cette fille que n'avait pas pu lui donner Julien,
mais un autre, un homme auquel elle s'était
attachée pour ne pas sombrer, après le grand
malheur. collapse / sink into despair

Elle avait été conçue au printemps, cette fille,
avec l'arrivée du vent de toujours. C'est Julien

qui appelait ainsi le premier vent tiède du printemps, celui du renouveau, des premières fleurs, celui de la victoire de la vie sur la mort de l'hiver. Il avait fallu à Blanche six heures de souffrance avant de donner le jour à sa fille. Un cri, une chair chaude contre la sienne, un soulagement, un bonheur immense. Les premiers mois, Blanche avait été étonnée de cette vie surgie d'elle, à la fois elle et séparée d'elle, et qui ressemblait davantage à son père qu'à sa mère. Une fille ! Une enfant ! Blanche cherchait à se souvenir de ce que sa propre mère représentait pour elle à cet âge-là, parlait sans cesse à sa fille, la réchauffait, l'alimentait, lui donnait tout ce qu'elle possédait : sa chaleur, sa tendresse, l'immensité de son amour.

Aujourd'hui, sur son balcon, Blanche se revoyait une fois de plus s'agenouillant devant sa fille pour nouer une écharpe autour de son cou. A la fin, la petite se laissait aller contre elle, passait ses bras autour de sa tête, les nouait, les serrait. Fermant les yeux, Blanche crut les sentir, ces bras, et ils étaient si chauds, si présents, que son cœur fit un bond dans sa poitrine. Elle ouvrit les yeux, soupira, se consola en songeant que des bras autrement plus grands, tellement plus chauds, allaient se refermer sur elle dans quelques minutes. Mais elle avait beau faire, elle les préférait plus petits, ces bras, quand ils dépen-

58

daient d'elle, quand ils ne s'étaient pas encore totalement détachés d'elle.

Car l'enfant avait grandi très vite, trop vite. Lors de chaque rentrée scolaire, constatant son changement de classe, Blanche s'en désespérait, mais se sentait impuissante à retenir le temps. Très vite, il y avait eu le collège, la première vraie séparation, puis, quatre ans plus tard le lycée, enfin l'université à Lyon, et Evelyne était déjà avocate que Blanche nouait encore une écharpe autour du cou de sa fille.

– Enfin, maman, je n'ai plus trois ans ! s'indignait Evelyne.

Pourquoi était-elle devenue si vite si lointaine, cette enfant qui avait été si proche ? Parce que Blanche était une mauvaise mère ? Non, ce n'était pas cela. Simplement parce que les enfants grandissent, et qu'ils s'en vont vivre leur vie, loin, très loin, irrémédiablement. Et Blanche avait eu peur, longtemps, que sa fille ne disparût à tout jamais, comme Julien avait disparu, ne la laissât seule en ce monde pour d'interminables jours de solitude sans la moindre clarté.

Evelyne avait aisément triomphé de tous les obstacles dressés devant elle : les maladies, les examens, les épreuves de la vie. Cette force avait étonné Blanche, car sa fille ressemblait au physique à son père, lequel incarnait plutôt la doucœur et la fragilité. Sans doute au mental tenait-elle davantage de sa mère. En tout cas, Evelyne menait aujourd'hui sa vie seule après un divorce, et elle venait trop peu la voir.

– Viens habiter Marseille ! répétait-elle. Nous serons plus proches, ce sera plus facile. Pourquoi es-tu allée vivre si loin ?

Pourquoi ? Pourquoi ? Parce qu'elle avait eu besoin de se rapprocher de Julien, de retrouver sa trace, persuadée qu'elle était de pouvoir le rejoindre un jour.

– Tu n'as pas assez souffert, là-haut, dans ta montagne ? insistait Evelyne.

On souffre autant de la solitude, de l'absence, que des épreuves de l'existence. Mais comment et à qui expliquer cela ? Comment faire comprendre que, la mort approchant, on a besoin de se rassurer par des petites choses, des signes, des preuves tangibles de ce que l'on a vécu, que rien n'a été vain, qu'il suffit de fermer les yeux pour voir apparaître ceux qui sont partis, ou du moins pour sentir leur présence, là, tout près, il suffit de tendre le bras.

Julien... De son balcon, elle apercevait le toit de l'école, un peu de la cour où il était apparu, le portail par où il avait disparu. Ainsi donc, elle n'avait pas hésité à revenir sur ses pas, à affronter l'hiver, la neige, les souvenirs de son enfance, pour saisir le lien qui, ici, la rattachait si bien à lui et ne plus le lâcher. Elle avait quitté les plaines, Valence, Nyons où elle vivait avant sa retraite, afin de mettre ses pas dans ses pas, de rechercher dans les plus menus indices les vestiges de son passage, les débris d'un passé qui la hantait et qui lui permettait aussi de rester debout. Jusque dans l'école, fermée aujourd'hui, mais dont elle gardait la clef, aimablement prêtée par le maire. Elle n'en abusait pas, car la douleur affleurait rapidement sous le bonheur. Rien n'avait changé là-bas, ni le bureau, ni le tableau, ni l'odeur de la poussière de craie, et dans l'appartement les murs demeuraient de la même couleur. Lors de chaque visite, Blanche s'asseyait à la table où ils mangeaient jadis, fermait les yeux, écoutait Julien lui parler. Mais son cœur battait trop fort et elle était obligée de s'enfuir...

Ce fut la sonnerie du téléphone qui fit battre son cœur ce matin-là. Elle se leva précipitamment, alla décrocher, entendit Evelyne parler nerveusement : « Désolée, flagrant délit, désignée d'office, je ne viendrai pas. A la Toussaint, je te le promets, prends bien soin de toi ma petite maman. » Voilà, c'était fini. En quelques secondes seulement, tout l'espoir qui la portait venait de s'envoler. Blanche raccrocha, revint

caught in the act / redhanded

s'asseoir sur le balcon, laissa doucement refluer la douleur, sourit. La Toussaint, c'était dans deux mois. Que sont deux mois quand on attend depuis si longtemps tous ceux qui ne reviendront plus ? L'essentiel est de savoir qu'ils vivent quelque part, qu'ils vous attendent. Ce qu'elle ne croyait pas, avant, du temps de Julien. L'Ecole normale ne vous incline pas à croire à quelque chose après la mort. Ni les épreuves de l'enfance, ni la dureté de la vie. Julien, lui, quand ils évoquaient ce sujet, disait simplement : « Je ne sais pas. » Et il ajoutait, baissant la voix : « Mais je crois au vent de toujours. »

Elle avait tellement été ébranlée après sa mort, elle avait tant côtoyé la folie qu'il lui avait fallu du temps, beaucoup de temps, pour réapprendre à respirer, avant de replanter des roses, de sourire, d'espérer. Cela s'était passé à Nyons, sur la montagne de Vaux où elle était allée marcher un dimanche d'avril, et elle avait senti sur sa peau le vent de toujours. Celui dont lui avait si bien parlé Julien : la vie après la mort. Toujours, depuis toujours et pour toujours. Malgré la fragilité des roses, malgré celle de la vie des hommes, jusqu'à la fin des jours. Depuis ce dimanche-là elle avait moins peur, s'était réconciliée avec la vie, ou ce qu'il en restait.

Elle quitta le balcon, entra dans sa cuisine, fit réchauffer les ravioles, s'assit, porta lentement la fourchette à sa bouche, puis, songeant qu'Evelyne les aimait beaucoup, elle décida qu'elle referait des ravioles à la Toussaint.

embaucher - to hire/take on

12

Elle s'efforçait de ne se souvenir que du bonheur, par exemple de ce début d'hiver où elle
avait appris à lire à Julien. Il y avait une telle
fièvre dans ses yeux quand il arrivait, le soir,
après son travail, qu'elle était aussi heureuse
que lui. Le maire l'avait embauché pour le
débardage des coupes. Julien dormait dans sa
grange, n'était pas payé, mais nourri et logé. Il
apprenait vite. Elle comprenait difficilement
comment, depuis la forêt, il avait ressenti cette
exigence d'apprendre à lire, devinait derrière
cette nécessité un secret sur lequel elle n'osait
l'interroger. Elle savait quel effort il avait dû
consentir pour venir vers l'école, lui, l'homme
sauvage, démuni de tout, si fort et si fragile à
la fois, qui l'avait choisie, elle, pour l'aider à
réaliser un rêve.

shrouded / entombed

Le plateau était enseveli sous la neige d'un
hiver particulièrement féroce. Blanche retrouvait avec angoisse les sensations de son enfance,

s'étonnait de craindre pour cet homme un accident semblable à celui de son père, se rassurait seulement quand il arrivait le soir, vers sept heures, et s'asseyait au premier rang, ânonnant les lettres, puis les syllabes et bientôt les mots. Un peu avant la Noël, elle lui avait mis un livre dans les mains en l'invitant à le lire. Elle n'avait jamais pu oublier ses yeux dévastés, ses mains qui tremblaient tandis qu'il bredouillait :

– Non, je ne pourrai pas.

– Mais si, Julien, je vous le jure. Vous pouvez lire.

Il l'emporta, revint le lendemain complètement transformé. Il voulut alors savoir comment se fabriquaient les livres, qui les écrivait, et demanda :

– Est-ce que, moi aussi, je le pourrai un jour ?

– Si vous le désirez vraiment, vous le pourrez.

Il passa ce Noël-là avec elle et se confia davantage. C'était son père qui, sur son lit d'agonie, lui avait fait promettre d'apprendre à lire. Cela avait toujours paru au charbonnier la seule manière efficace pour échapper à sa condition, pouvoir quitter la forêt, changer le noir du charbon pour la lumière des jours, vivre enfin autre chose que la solitude et la maladie, côtoyer des gens, leur parler sans la honte de ne savoir s'exprimer, devenir l'un de ces hommes qui maîtrisent leur vie au lieu de la subir. Sa mère n'était-elle pas morte trop jeune à cause de leur isolement ? « Quitte la forêt, disait-il à son fils. Va parmi les hommes, tâche de leur ressembler. »

Voilà. Il était venu pour ressembler aux autres hommes, pour vivre à la lumière du jour, et non comme une taupe. Il était venu parce que son père lui avait fait toujours espérer en une vie meilleure. Il avait marché deux jours et deux nuits, était arrivé à Chalière, avait demandé l'école, était entré dans la cour, avait failli renoncer, puis il l'avait aperçue sortant du jardin, avait pensé très fort à son père, était venu vers elle.

Maintenant qu'il savait lire, pourrait-elle lui apprendre à écrire ?

– S'il vous plaît, avait-il dit de nouveau, ce soir-là.

Ils avaient veillé côte à côte tandis que les cloches de l'église appelaient pour la messe de minuit. Ils étaient restés longtemps silencieux, sans se regarder, en s'écoutant seulement respirer. Puis il était reparti avec un nouveau livre, en remerciant, comme toujours, avec des mots à lui : « C'est beaucoup d'honneur que vous me faites, j'espère pouvoir vous le rendre un jour. »

L'hiver passa ainsi, avec sa visite chaque soir, ses efforts humbles, ses progrès, ses remerciements maladroits. Blanche sentait qu'elle s'attachait à cet homme, et que, s'il ne venait pas, sa présence lui manquait. Pourtant, elle était très occupée avec ses élèves, les devoirs à corriger, les leçons à préparer. Il arrivait, s'asseyait, attendait qu'elle lève la tête depuis le bureau où elle travaillait. Il apportait toujours avec lui un peu de bois, le posait près du poêle avant de gagner sa place, toujours la même, et de se mettre à copier la phrase qu'elle avait écrite au tableau.

Ensuite, vers sept heures et demie, elle l'invitait à monter dans l'appartement pour partager son repas, et elle l'interrogeait sur sa lecture de la veille pour savoir s'il comprenait bien ce qu'il avait lu. Mais c'était bien mieux que de comprendre. Il interprétait à sa manière, c'est-à-dire qu'il embellissait tout. Car pour lui les livres ne pouvaient être que magiques, même dans la douleur des personnages ou la dureté de leur vie. Elle était obligée de rétablir une certaine vérité dont il ne s'offensait pas : ce qu'il vivait aujourd'hui grâce à elle, grâce aux livres, était de toute façon bien plus beau, bien plus grand, que tout ce qu'il avait imaginé.

13

Au printemps, il lui écrivit une lettre de quelques lignes qui l'étonnèrent fort par son originalité. Elle lui répondit aussitôt, posa l'enveloppe sur la table qu'il avait l'habitude d'occuper.

– C'est pour moi ? demanda-t-il, surpris, en la découvrant le soir même.

Il ne la lut pas tout de suite, mais l'emporta dans la grange où il dormait. Deux jours plus tard, il lui en écrivit une seconde, la posa sur le bureau et, comme s'ils avaient passé un accord tacite, Blanche ne la lut pas en sa présence. Ainsi, peu à peu, ils s'écrivirent ce qu'ils n'osaient se dire. Lors de leur conversation, quand elle l'invitait à dîner, ou, parfois, le dimanche pour le repas de midi, ils ne pouvaient parler que des livres, car ils sentaient l'un et l'autre que confier ce qu'ils éprouvaient réellement était beaucoup trop grave, beaucoup trop fort pour pouvoir être exprimé si vite. Ils se tenaient à distance. Blanche se demandait si cet homme ressentait pour elle autre chose que du respect ou de l'admiration, lui se refusait de tout son être à espérer plus que ce qu'elle lui donnait : elle était beaucoup trop riche de savoir pour lui, il la croyait inaccessible.

Les choses auraient pu durer ainsi très long-temps si le maire, un jour, n'était intervenu auprès de Blanche en lui disant :

– Les gens parlent, à cause de cet homme que vous recevez en dehors des heures de classe. Ce n'est pas raisonnable pour une maî-tresse d'école qui doit montrer l'exemple.

Blanche, blessée, mortifiée, répondit néan-moins :

– Il ne dort jamais ici.

– Je le sais. Il n'empêche, ce n'est qu'un vagabond, qui repartira bientôt.

– Il ne repartira pas, répondit Blanche.

– Ecoutez, fit le maire, ce que j'en dis, moi, c'est pour vous éviter des ennuis.

– Nous nous marierons, dit Blanche, en s'étonnant, aussitôt, de ces mots sortis si préci-pitamment de sa bouche.

– Dans ce cas, fit le maire...

Il s'en alla, après l'avoir dévisagée d'une drôle de manière, comme s'il découvrait soudain une étrangère alors qu'il croyait bien la connaître. Mais comment aurait-elle expliqué que l'humilité, le dénuement de Julien en même temps que sa force et sa fragilité, dès le premier jour, l'avaient envoûtée ? A qui expliquer qu'elle se sentait totalement responsable de lui, de ses peurs comme de ses espoirs ? A qui confier, enfin, qu'il occupait tout l'espace, qu'elle ne voyait plus que lui ?

Elle lui écrivit pour lui raconter sa rencontre avec le maire, lui avoua ce qu'elle avait répondu. Il resta trois jours sans venir et elle crut qu'elle l'avait perdu. Elle respecta pourtant cette distance soudaine, ce silence, prit sur elle pour ne pas aller à sa rencontre mais en perdit le sommeil. Enfin, le quatrième soir, il revint à l'école et s'assit sur le banc, devant le bureau, comme à son habitude. Il tremblait, n'osait lever les yeux vers elle. Comme elle l'interrogeait doucement, il répondit :

– Je n'ai pas le droit.

– Vous avez tous les droits, Julien. Vous êtes un homme libre.

– Non, je ne suis rien.

– Vous savez lire et écrire.

Les yeux noirs se levèrent enfin vers elle.

– Je ne vous serai d'aucun secours, dit-il.

– Je n'ai pas besoin de secours.

– Je n'ai pas vingt et un ans.

– Vous les aurez un jour.

Il ajouta, presque dans un murmure :

– Je n'oserai jamais.

– Venez, dit-elle, allons manger.

Quand ce fut fait, qu'elle eut débarrassé la table, elle revint s'asseoir face à lui, lui prit les mains et ils ne bougèrent plus jusqu'à ce qu'il s'en aille, ne prononçant pas le moindre mot, respirant juste ce qu'il le fallait pour bien éprouver la chaleur de leurs mains attachées, la force de ce lien qui venait de les unir l'un à l'autre, déjà de transformer leur vie...

Blanche se redressa, reposa son stylo, referma son cahier. Que tout cela était loin ! Si loin, si loin qu'elle ressentit l'impérieux besoin de vérifier qu'il en restait toujours quelque chose, là-bas, à l'école. Sans doute à cause du coup de téléphone de sa fille ce matin, elle se sentait encore plus seule que les jours précédents, abandonnée, perdue. Elle enfila un tricot de laine épaisse, traversa le jardin, caressa du regard une rose, emprunta la route étroite qui descendait vers le village.

L'automne était déjà là, dans le vent qui avait fraîchi. Des feuilles tombaient des arbres, tourbillonnaient avant de choir sur la route où leur tapis s'épaississait. Elles étaient seules à accompagner Blanche, tandis qu'elle franchissait sans se presser les trois cents mètres qui la conduisaient sur la place où, entre l'église et la mairie, le grand tilleul planté sous Sully dispensait son ombre vénérable. L'école se trouvait juste un peu plus loin, sur la droite. Il n'y avait personne. Le village dormait.

Blanche poussa le portail qui grinça, traversa la cour, ouvrit la porte de la classe, alla s'asseoir au bureau qui était le sien plus de cinquante ans auparavant. Elle ferma les yeux, se retint de respirer, écouta le silence. Nulle voix ne montait des bancs, ni celles des enfants, ni celle de Julien. Elle attendit encore quelques minutes, espérant un signe, un bruit, un murmure, mais rien ne vint troubler le douloureux silence. Elle se leva, et se rendit à l'appartement dans lequel elle avait vécu avec Julien, reconnut le papier jaune passé, une crevasse dans le mur, le plancher où manquait une latte.

Un peu réconfortée, elle s'assit d'un côté de la table, posa ses mains dessus et, de nouveau, ferma les yeux. Les prendrait-il ? Elle attendit, l'espéra de toutes ses forces. Non, il ne les prit pas. Alors elle fit le geste de les refermer, sa droite sur sa gauche. Elle serra, elle serra jusqu'à ce que, enfin, elles se communiquent leur propre chaleur. Elle sourit. Décidément oui, elle avait bien fait de revenir à Chalière. Ici rôdait toujours l'ombre, non pas froide mais chaude, de l'homme qu'elle avait aimé.

14

Edmond, qui était revenu de chez son fils, à Lyon, l'avait aidée à monter son bois pour l'hiver. C'était un homme rude et froid, qui parlait peu, mais qui, lui, semblait à l'aise dans sa solitude. Dans le temps, il vivait de la vente du bois, des coupes qu'il possédait dans la forêt de Chalimont. Aujourd'hui, il ne voulait pas de l'argent que Blanche lui proposait. Il l'aidait, c'était tout. « Tant que je le peux », disait-il d'une voix qui ne concédait rien, ni à son âge, ni à personne.

Septembre s'était installé doucement, avec des touffeurs parfumées au bois de hêtre et de sapin au milieu du jour et, dès cinq heures du soir, un vent qui faisait déjà penser à l'hiver. Blanche profitait des derniers beaux jours avant la neige qui immobiliserait le plateau pendant six mois. Elle montait la route jusqu'à la sente forestière, s'enfonçait dans le bois, cherchait des champignons, cèpes ou girolles, qu'elle aimait

s'enfoncer to sink (into) to get into

73

tant depuis son enfance, depuis que son père en rapportait à l'automne, chaque soir. Elle respirait le parfum de la forêt, goûtait sa pénombre secrète, les rayons dorés du soleil qui traversaient les plus hautes branches. Après une heure de marche, son panier au bras, elle rentrait lentement, tentant de deviner des présences secrètes dans l'ombre des grands arbres. Un écureuil qui grignotait les faines d'un hêtre ; un lapin, une biche, quelqu'un ou quelque chose. Si elle croisait des promeneurs, elle disait bonjour, quelques mots, s'arrêtait, espérant davantage, mais, en cette saison, la plupart des estivants étaient partis. Du moins ici, à Chalière, ce qui n'était pas le cas à Villard-de-Lans, à Autrans, dans ces bourgs qui avaient su se tranformer et retenir, été comme hiver, ceux qui aiment la montagne.

Tout en rentrant, elle comptait les jours qui la séparaient de la Toussaint. Quarante, ou à peu près, mais ce n'est rien quand on attend depuis si longtemps. Après, l'hiver viendrait, et elle retrouverait la solitude blanche qu'elle avait voulu fuir.

Une fois chez elle, elle prépara les champignons qu'elle ferait cuire en omelette ce soir, puis elle vint s'installer sur son balcon, et son regard se posa malgré elle sur le toit de l'école où Julien la rejoignait chaque soir, l'été qui avait suivi leur rencontre. Un été magnifique, plein de senteurs et de lumière, durant lequel elle s'était efforcée de se tenir à sa hauteur, afin de lui faire oublier cette humilité dont il ne parvenait pas à se départir. Les livres l'aidèrent à établir une communication qui, à travers des personnages autres qu'eux-mêmes, devenait plus facile. Dans les livres, en effet, ce n'était plus lui ou elle qui était en cause, mais d'autres hommes, d'autres femmes qui souffraient, comme lui, comme elle, mais qui espéraient aussi, et réussissaient parfois à réaliser leurs rêves.

Au fil des jours, il s'habitua un peu à elle, oublia d'où il venait, qui il était. Dès la fin de septembre, il fut capable de discuter d'un livre sur un pied d'égalité avec elle. Il le comprit, devint plus fort, commença à se transformer, sans toutefois abandonner ce respect teinté d'admiration qu'il nourrissait pour Blanche, et dont, toujours, elle s'étonnait.

Avec l'arrivée de l'automne, il s'engagea de nouveau auprès du maire pour les coupes, malgré la peur de Blanche d'un destin semblable à celui de son père. Cela n'empêcha pas Julien de redoubler d'efforts pour être capable, un jour, de travailler dans ce qui était devenu pour lui un lieu privilégié, le seul endroit où des hommes étaient capables de fabriquer des livres : une imprimerie. Blanche lui avait promis de demander une mutation pour la ville dès le printemps suivant. Elle l'aiderait à trouver une place, ils déménageraient, quitteraient le plateau et pourraient se marier.

Cet hiver-là avait été un hiver délicieux, à l'écart du monde. Pour la première fois de sa vie, Blanche s'était réjouie de cette neige qui était tombée dès la fin d'octobre, les isolait de tout, si ce n'était des enfants qui fréquentaient l'école.

Pendant ses moments de repos, Julien lisait, écrivait, se cultivait, parlait à Blanche. Ils continuaient à s'adresser des lettres, comme si les mots sur le papier avaient fini par compter davantage que la parole. Julien s'apprivoisait peu à peu, consentait à s'accepter, à devenir ce qu'il avait rêvé d'être. Le voir ainsi évoluer, grandir, et si vite, et si totalement, la rendait heureuse et la surprenait tout à la fois.

Ah ! ces dimanches matin où Julien allumait le feu de bonne heure, l'odeur du bois brûlé mêlée à celle du café qui l'attendait sur la table quand elle se levait ! Ces longues journées à partager tout avec lui, ces marches dans la neige vierge en début d'après-midi, ces retours hâtifs dans le nid chaud de l'appartement, ces discussions sans fin qui les amenaient sans qu'ils s'en rendent compte jusqu'à l'heure du soir où il regagnait sa chambre pour la nuit !

Mais cet hiver, aussi, s'en alla vers sa fin et les jours grandirent, faisant fondre la neige dans les rues du village. Comme Blanche n'achetait pas de journaux ni ne possédait de poste de TSF, ils ne soupçonnaient rien de ce qui se passait dans le monde, ne vivaient que pour eux-mêmes, et Blanche se disait qu'il en serait toujours ainsi. Car, pour elle, ils étaient inaccessibles sur ce haut plateau du Vercors. Leur seul lien véritable avec l'extérieur était le maire. Et ce fut lui, qui pour la première fois, en avril, alors que le soleil faisait de plus en plus longues apparitions au milieu du jour, lui parla d'une guerre possible.

– D'une guerre ?

– Oui. Avec l'Allemagne. Vous n'avez jamais entendu parler d'Hitler ?

Si, bien sûr, Blanche en avait entendu parler en faisant ses courses, mais jamais elle n'aurait pensé que ce nom propre allait un jour de printemps les rattraper, elle et Julien, au point de menacer ce qu'ils avaient si patiemment construit. Elle en avait eu froid jusque dans les os, ce soir-là, quand le maire la quitta dans la cour de l'école. Elle resta un long moment immobile, ne sachant que faire, que penser, se demandant si elle devait parler à Julien de ce qu'elle venait d'apprendre.

Blanche frissonna. Ce soir aussi, en repensant à cette journée-là, elle avait froid. Une grande ombre descendait sur les sommets de la grande Moucherolle, là-bas, très loin, au-delà de la forêt. Elle rentra, refermant la porte vivement derrière elle comme pour échapper à la menace qui les guettait alors, et qui, ce soir, était redevenue aussi précise, aussi douloureuse, comme si les années soudain venaient d'être abolies.

15

Vers la mi-octobre, Evelyne avait téléphoné. Décidément non, elle ne pourrait pas venir pour la Toussaint, mais elle avait juré à Blanche de venir passer au moins trois jours avec elle à Noël. Depuis ce matin-là, écrire dans son cahier ne suffisait plus à Blanche. Il fallait qu'elle parle à quelqu'un. Alors, elle descendait à l'école chaque jour, s'asseyait à son bureau et dictait un texte à des enfants dont les visages ne lui apparaissaient nettement que si elle fermait les yeux. Entendre sa voix la rassurait. Elle savait qu'avec la neige, bientôt, elle ne pourrait plus descendre si facilement. Certes, elle possédait aussi un bureau et un tableau chez elle, mais ce n'était pas tout à fait la même chose : il n'y avait pas de bancs, face à elle, et elle revoyait plus difficilement les enfants qui l'écoutaient jadis, confiants et attentifs.

De temps en temps, elle s'approchait de la fenêtre pour vérifier que personne n'arrivait. N'aurait-on pas cru qu'elle était devenue folle ?

Aussi ne parlait-elle pas trop fort, surtout si c'était Julien qu'elle apercevait au premier rang, mais il s'absentait souvent, devenait lointain, soudain, comme il l'était devenu à la fin de l'été de l'année 1939. Elle s'en souvenait si bien de cet été-là ! Ni l'un ni l'autre ne croyait à la possibilité d'une guerre. Le maire avait beau se montrer pessimiste, les mettre en garde, ils refusaient d'envisager une telle éventualité. Au contraire, ils partaient pour de grandes randonnées dans la montagne, se perdaient dans les chemins pour entretenir l'illusion de se trouver seuls au monde, ne rentraient qu'à la nuit.

Grâce à la petite bibliothèque qui contenait une cinquantaine de livres, Julien n'avait qu'à tendre la main pour en prendre un. Et dans la lecture il n'était plus le même, soudain : c'étaient en fait les seuls moments où sa fragilité le quittait. Elle aimait alors à le regarder, observant la manière dont il tournait les pages, lentement, précautionneusement, avec, sur son visage, une expression qui ne lui venait qu'à ce moment-là : c'était comme s'il abordait dans une île, commençait à vivre vraiment. Le monde alors se taisait, il n'y avait plus de vivants qu'eux seuls, face à face, et Blanche songeait en elle-même, précieusement : « Pour toujours. »

A la fin du mois d'août, pourtant, le maire leur annonça que l'on n'échapperait pas à la guerre. Ils ne le crurent pas davantage, jusqu'au jour où le facteur apporta un matin une lettre du ministère des Armées destinée à Julien : affecté dans les chasseurs alpins, il devait rejoindre Grenoble dans les quarante-huit heures. On était le 1er septembre. Pour eux, ce fut comme si le monde s'écroulait. Blanche songea à lui suggérer d'aller se cacher dans les bois, mais c'eût été revenir en arrière, retrouver la vie dont il ne voulait pas : celle qu'il avait fuie. Elle se dit, au contraire, que Grenoble, la grande ville, pouvait l'ouvrir encore davantage au monde, et elle l'encouragea à partir, pensant que les risques d'avoir à se battre, dans les montagnes, n'étaient pas très importants.

Il partit donc un matin, par le car qui, à travers les gorges de la Bourne, conduisait les voyageurs à Villard-de-Lans, et de là, par Saint-Nizier, plongeait vers Grenoble. C'était la première fois qu'ils se quittaient depuis qu'ils s'étaient rencontrés. Elle s'était assise face à lui, tandis qu'il déjeunait, ce matin-là, et il lui apparut soudain aussi vulnérable que le jour où il était arrivé. Pour fuir cette impression, elle s'efforça de penser à cette force qui lui avait permis de quitter la forêt et de venir vers elle, puis elle se leva la première et l'accompagna jusqu'à la place où s'arrêtait le car. Là, elle le regarda s'installer à l'intérieur, parmi des hommes qui, eux aussi,

partaient vers l'inconnu. Comme il n'avait
trouvé une place que de l'autre côté, elle fit le
tour, toucha la vitre de la main, mais ses doigts
ne rencontrèrent que le froid et elle eut peur.
Julien souriait, mais ce sourire faisait mal à
Blanche, si bien qu'elle se sentit soulagée quand
le car s'éloigna.

Elle rentra lentement, monta dans l'appartement où rôdait encore sa présence, ouvrit
le livre qu'il lisait encore la veille au soir,
le referma, se sentit plus seule qu'elle n'avait
jamais été. Heureusement, le maire, qui avait
deviné à quel point elle devait être malheureuse,
vint la réconforter.

– Ne vous inquiétez pas trop, dit-il. Ça ne
pourra pas durer longtemps.

– On disait ça, aussi, en 1914, objecta-t-elle,
et ça a duré quatre ans.

– Les armes ont beaucoup évolué, depuis.

Comme elle demeurait silencieuse, il ajouta,
avant de repartir :

– Et puis vous savez, dans la montagne, les
combats sont toujours rares.

Elle s'arrima à cette idée, s'efforça de penser
à la rentrée d'octobre : recommencer à faire la
classe établirait la preuve que la vie continuait,
que rien de grave n'était arrivé, que nulle frac-
ture ne s'était formée dans sa vie, que nul danger
ne rôdait autour d'elle, autour d'eux.

82

Elle finit par reprendre espoir, confortée par le maire qui venait lui donner des nouvelles tous les matins : il ne se passait rien sur le front. Pas la moindre alerte, ni le moindre combat. Julien le lui confirma dans sa première lettre qu'elle reçut dix jours après son départ. Elle retrouva avec plaisir les impressions qu'elle ressentait au début, quand ils avaient commencé à s'écrire, bien qu'ils ne fussent pas séparés. La peur la quitta rapidement, d'autant que la rentrée scolaire d'octobre l'occupa suffisamment pour lui faire oublier cette drôle de guerre dont on commençait à penser qu'elle ne débuterait jamais...

Blanche posa sa craie, s'approcha du bureau, referma son livre. Il était temps de remonter chez elle. Pourtant elle resta un long moment pensive, cherchant encore les impressions, les sensations d'alors, mais elles lui échappaient, comme si le charme était rompu. Elle traversa la salle de classe, poussa la porte, referma derrière elle et rentra lentement, sans songer à lier conversation avec les deux personnes qu'elle croisa sur son chemin et qu'elle ne connaissait d'ailleurs pas. C'est que le village avait bien changé depuis l'époque où elle y faisait l'école. Beaucoup étaient morts, d'autres étaient partis. Les commerçants n'étaient plus les mêmes. Quelques vieux la connaissaient, mais ils ne se déplaçaient pas facilement et leurs enfants faisaient les courses pour eux. Voilà qui ancrait Blanche dans sa solitude, malgré Edmond, malgré les ombres qui rôdaient autour d'elle, à qui elle parlait, mais qui ne lui répondaient jamais.

16

La neige était là. Elle était arrivée sans bruit, comme souvent, mais Blanche l'avait devinée. L'habitude, sans doute. Un froissement très doux l'avait réveillée vers trois heures du matin, elle s'était levée, avait poussé le volet de sa chambre, découvrant sans surprise les flocons blancs qui tourbillonnaient dans la nuit.

Comment se rendormir ? Impossible, elle le savait. Aussi avait-elle allumé un feu dans la cheminée et s'était-elle installée à son bureau pour écrire. Un grand silence enveloppait le plateau, seulement souligné par les soupirs des flammes. Demain tout serait blanc, et cela jusqu'au printemps. Car le froid figerait bientôt cette neige, celle des sommets comme celle des pentes, tout se tairait, le temps s'arrêterait. C'était comme ça depuis toujours. Depuis l'enfance de Blanche, depuis que les hivers s'emparaient de la montagne pendant des mois, rehaussant le silence, exaspérant cette impression d'être prisonnier d'une île inaccessible, sinon aux nuages et au vent.

Rien de plus facile qu'écrire, puisqu'elle était seule cette nuit comme elle serait seule au moins jusqu'à Noël, comme elle l'avait été pendant les longs mois durant lesquels elle avait attendu Julien. Et, pourtant, elle avait repris l'école avec satisfaction, pour s'occuper, ne pas compter les heures, les jours qui la séparaient de lui. Il se trouvait à la frontière italienne, mais s'ennuyait ferme. Aussi lui écrivait-il des lettres dans lesquelles il parvenait à se livrer vraiment. C'était comme si elle le découvrait un peu plus chaque jour. Alors qu'elle avait craint de le savoir si fragile parmi les hommes, il montrait une force qui l'étonnait et la rassurait en même temps. Il faisait des projets, racontait qu'il s'était lié d'amitié avec un soldat dont le père était imprimeur à Grenoble, lequel recevait des livres chaque semaine et les lui prêtait. Il expliquait qu'ils souffraient surtout du froid et de la faim, mais lui moins que les autres car il y était habitué. Il répétait surtout qu'il avait hâte de revenir, lui disait enfin combien il l'aimait, avec des mots dont elle ne l'aurait pas cru capable : « Mon cœur, mon aimée, surtout garde-toi vivante pour moi, qui sans toi ne saurais plus vivre. »

Elle espéra le voir arriver pour ce Noël-là, mais en vain. Il lui écrivit une lettre magnifique dont elle ne s'était jamais séparée. Aujourd'hui, elle se trouvait encore dans le tiroir du bureau, mais cette nuit il ne fallait surtout pas la relire sous peine de trop souffrir. Pourtant, la main de Blanche abandonna son stylo, s'approcha du tiroir, hésita, reprit son stylo. Non, pas maintenant. Elle se sentait trop seule, ce serait trop douloureux, comme au long de cet hiver interminable où tout s'était arrêté, même cette guerre qui n'en était pas vraiment une.

A l'école, il y avait peu d'enfants, cinq ou six, seulement, car ils aidaient leur mère en l'absence du père. Le maire lui donnait des nouvelles chaque matin : à son avis, il ne se passerait rien, Hitler ne s'attaquait qu'aux pays les plus faibles. Il ne prendrait pas le risque de lancer son armée à l'assaut de la France ou de l'Angleterre.

– Croyez-vous que les hommes vont rentrer ? demandait-elle en dissimulant de son mieux le tremblement de sa voix.

– Il le faut bien, répondait le maire. Sans doute pour les gros travaux de l'été.

C'était un hiver terrible. L'eau gelait. On était obligé de faire fondre la glace sur le feu, nul charroi ne passait sur la grand-route encombrée par les congères. Les jours où le brouillard se levait, les sommets semblaient avoir pris de la hauteur, projeter leurs parois étincelantes jusque dans le ciel. Blanche songeait que si Julien avait

(f) snowdrifts.

été présent, l'hiver lui aurait été très doux dans le refuge de l'appartement où le bois ne manquait pas, où elle avait l'impression que la neige ne tombait que pour mieux isoler ceux qui s'aimaient.

Elle s'était évertuée à traverser sans trop souffrir le désert blanc des jours, à franchir les semaines et les mois qui la séparaient d'un printemps qui lui paraissait ne jamais devoir revenir. Il revint, cependant, apporté un matin par le vent du Sud, et avec lui les mauvaises nouvelles : les Allemands avaient attaqué la Belgique, étaient entrés en France, les gens fuyaient sur les routes. Chaque jour le maire donnait à Blanche des nouvelles plus alarmantes que la veille. La pire pour elle, fut, le 10 juin, celle de l'entrée en guerre de l'Italie aux côtés de l'Allemagne. On allait se battre dans les Alpes, là où se trouvait Julien. Blanche en perdit le sommeil, oublia de manger, d'autant que les lettres n'arrivaient plus, qu'un vent de folie soufflait sur le pays, y compris sur le Vercors que l'hiver ne protégeait plus. Trois familles partirent vers le Midi, sur des routes où le danger était pourtant beaucoup plus important que sur le plateau. Blanche n'y songea pas une seconde. Elle ne voulait pas s'éloigner de Julien et, du reste, elle n'aurait su où aller. Et puis, surtout, elle ne se sentait pas menacée au village, où nul n'avait jamais vu le moindre envahisseur, où il était facile de défendre les accès escarpés, que ce fût par Grenoble, Valence, ou, au sud, par le col de Rousset.

Elle s'inquiétait beaucoup pour Julien, ayant lu dans le journal que lui prêtait le maire qu'il n'y avait que six divisions françaises pour tenir tête aux trente-deux divisions italiennes. Aussi fut-elle soulagée, le 22 juin, quand elle apprit, par la voix du maréchal Pétain, que la France avait demandé l'armistice. Le Vercors se trouvait en zone libre. La zone occupée par les Italiens s'étendait de Nice à la frontière suisse, sans toutefois inclure Grenoble. Les soldats allaient être démobilisés. C'était fini. Tout danger était écarté.

Les beaux jours avaient fait reverdir les pentes de la montagne, on pouvait de nouveau espérer. Dès lors, Blanche se mit à attendre Julien. L'école étant fermée pour les grandes vacances, le temps lui paraissait long. Il arriva un matin de très bonne heure, lança un caillou contre le volet. Elle sut tout de suite que c'était lui, se précipita dans les escaliers et, dès qu'elle eut ouvert la porte, ses bras se refermèrent sur elle.

Ils ne dirent pas un mot. Ils montèrent à l'étage où, pour la première fois, ils s'échouèrent dans le lit de Blanche qui avait longtemps espéré ce moment. Elle découvrit alors tout ce qu'elle avait soupçonné chez cet homme, sa force et sa douceur, et ce fut encore plus beau que tout ce qu'elle avait imaginé. Après, il s'endormit et elle demeura allongée près de lui, dormit elle aussi, rassurée, apaisée par la chaleur de Julien contre elle, persuadée que le malheur s'était éloigné d'eux définitivement.

A midi, il dormait toujours. Il ne se réveilla que vers quatre heures et se mit aussitôt à dévorer la soupe et le ragoût aux pommes de terre qu'elle avait posés sur la table. Elle l'observait et ne le reconnaissait pas. Etait-ce bien le même Julien qui était parti onze mois auparavant ? Il paraissait beaucoup plus fort, plus sûr de lui, et elle en fut heureuse, ayant craint que la solitude de son enfance, dans les forêts, ne l'eût à jamais rendu incapable de vivre parmi les hommes. Il lui raconta la longue attente dans le froid de l'hiver, les combats à distance du printemps, au cours desquels il ne s'était jamais senti réellement en danger, puis le rapatriement vers Grenoble au lendemain de l'armistice, enfin son retour, à pied, tant les routes et les gares étaient encombrées. Il parla aussi et surtout des amitiés nouées avec des camarades, notamment avec Jean, l'imprimeur qui lui avait proposé de l'embaucher dès que la situation se serait stabilisée.

Désormais, ils avaient la vie devant eux, ils faisaient des projets alors que par la fenêtre ouverte affluaient des parfums de feuilles et d'écorce, épaississant l'air frais qui descendait de la montagne...

Blanche soupira, referma son cahier, se dirigea vers sa chambre, se coucha, ferma les yeux pour tenter de retrouver les sensations de cette nuit-là, mais le lit était trop froid et ses mains ne rencontraient que le vide. Elle se releva, passa dans la cuisine, fit chauffer de l'eau pour un thé. Cette nuit, elle avait froid jusque dans son cœur. Elle s'assit, but lentement, reposa la tasse, demeura un instant immobile, à sentir la chaleur naître en elle, mais pas assez pour l'apaiser. Que faire pour franchir le désert de la nuit, parvenir au matin qui adoucirait un peu sa solitude ? Relire les lettres de Julien ? Ce serait douloureux, certes, mais au moins il serait là, plus près, elle entendrait sa voix, et peut-être qu'une main frôlerait enfin la sienne, ranimerait le feu qui l'avait aidée à vivre, ce feu qui s'éteignait doucement, comme si le bois qui l'alimentait venait à manquer.

17

Blanche ne sortait guère car elle avait peur de
tomber, de se casser une jambe. Elle donnait une
liste de provisions à Edmond qui, lui, descendait
tous les matins, muni de ses chaussures d'es-
calade. Il remontait vers midi, parlait un peu
avec elle, mais ne s'attardait guère. Une fois, elle
l'avait invité à déjeuner, mais il avait refusé.
C'était un homme que la vie avait blessé et
qui s'en méfiait. Il était muré tout entier dans le
refus. La solitude ne l'ébranlait pas, au contraire,
elle le fortifiait dans sa certitude que l'absence
d'espoir et d'illusions était la seule manière de
ne pas souffrir. Elle aurait voulu lui ressembler,
mais elle savait qu'elle n'y parviendrait pas.

Elle s'observait ce matin dans la glace en faisant sa toilette : elle avait maigri, se trouvait
fragile, aujourd'hui, un peu comme Julien quand
elle l'avait aperçu pour la première fois. Même
en souriant, elle ne pouvait effacer la tristesse
de ses yeux, dont la lumière, aussi, avait baissé.

Ses cheveux blancs, coupés court, ne formaient
plus la moindre mèche sur son front, ses traits
s'étaient creusés, elle ne se reconnaissait pas. Où
avait-elle disparu, la jeune femme brune aux
yeux gris-vert – plus gris que verts –, aux traits
fins, aux pommettes saillantes, aux lèvres our-
lées juste ce qu'il fallait pour bien épouser
d'autres lèvres ? Disparue. Enfuie. Comme si
elle n'avait jamais existé, comme si le temps
vous confisquait jusqu'à votre propre image,
vous faisant douter d'avoir un jour été jeune et
belle, et pleine d'espoir. Et pourtant, ses lèvres
étaient ce qui avait en elle le moins changé. Elles
ne s'étaient pas desséchées. Elles avaient gardé
l'habitude de former les mots qu'elle continuait
de prononcer, bien qu'ils ne s'adressent à personne. Non, ce n'était pas de mots ni de courage,
qu'elle manquait – elle en avait toujours fait
usage dans sa vie –, mais son sourire, devant la
glace, n'était plus le même, ni ses cheveux, ni,
surtout, l'éclat de ses yeux dont le gris s'était
voilé, s'effaçant sous un vert plus sombre,
comme celui d'une mare ombreuse qui ne voyait
jamais le soleil.

Elle s'attardait, espérant follement voir surgir
Julien derrière elle, la prendre par les épaules.
Elle fermait les yeux, crispait un peu les muscles
de son dos. Il arrivait. Elle attendait, cessait de
respirer. Vainement. Elle rouvrait les yeux, se

93

demandait ce qu'elle allait bien pouvoir faire pour franchir cette journée de novembre, décidait de lutter, de ne pas se laisser glisser vers le désespoir qui de temps à autre la submergeait, pensait à sa fille qui devait venir dans moins d'un mois maintenant, récapitulait tous les moyens dont elle disposait, et dont le plus sûr, elle le savait bien, était le cahier dans lequel elle écrivait. La force des mots qu'elle trouvait était telle qu'elle lui donnait la sensation, souvent, de revivre vraiment ces jours qui avaient abrité le vrai bonheur de sa vie.

A son bureau, face à la cheminée, elle avait l'impression que son cœur battait mieux, que les forces revenaient en elle, que vivre pouvait encore rendre heureux. Comme cet été-là, au retour de Julien : ils avaient recommencé à vivre, presque indifférents à ce qui se passait autour d'eux, au maréchal Pétain, qui avait fait « don de sa personne au pays », à l'occupation d'une partie de la France, puisque le Vercors se trouvait en zone libre, loin de l'Histoire en marche.

Comme elle en avait fait la promesse à Julien, elle avait demandé par lettre la faveur d'une mutation dans une grande ville, mais ce n'était pas pour la rentrée prochaine, elle le savait.

– On ne peut plus vivre comme ça, sans se marier, dit-elle. J'aurais des ennuis.

Depuis le retour de Julien, ils dormaient dans le même lit, comme si le danger qu'ils avaient couru leur avait donné la force de défier le maire, les parents d'élèves, la moralité prônée par l'académie, même le monde entier.

– Il faut me laisser le temps d'arriver jusqu'à toi, dit-il d'une voix humble. Encore un peu, s'il te plaît.

Blanche comprit, n'insista pas. Il était revenu transformé, sûr de lui, mais, malgré les nuits passées dans ses bras, montrait toujours, pendant la journée, vis-à-vis d'elle, une distance qu'elle aurait aimé lui voir franchir. Plus que de respect, il s'agissait d'admiration, une admiration qui, pour elle, n'avait plus lieu d'être puisque maintenant ils partageaient tout et que Julien en savait presque autant qu'elle, ayant lu, outre des romans, des livres d'histoire et de géographie – tout ce qui lui tombait sous la main. Il écrivait aussi des poèmes dans un carnet, il le lui avait avoué, mais n'avait pu les lui montrer.

– Le mieux est que j'aille travailler à Grenoble, avait-il dit. Là, je pourrai apprendre un métier.

Elle avait accepté ce prix à payer pour qu'il puisse un jour se sentir son égal, être vraiment heureux près d'elle. Il partit après quinze jours de repos et prit l'habitude de revenir chaque dimanche, riche de son nouveau savoir, le partageant avec elle comme elle avait partagé avec lui tout ce qu'elle possédait.

Pour Blanche, cet hiver 40-41 avait ressemblé à tous les hivers du Vercors au cours desquels il faisait bon, les jours où il n'y avait pas classe, rester blottie dans l'appartement, écouter et sentir vivre près d'elle celui qu'elle aimait, à ne maintenir avec le monde extérieur que le lien de la nourriture nécessaire au quotidien. Les élèves n'étaient pas nombreux, mais ils continuaient à créer un peu de vie dans le village, où la cour de l'école était le seul lieu où l'on pouvait entendre du bruit.

Blanche avait prêté serment au maréchal sans la moindre hésitation : il avait arrêté la guerre qui aurait pu lui prendre Julien. Elle fut très étonnée, un soir, d'entendre Julien, précisément, le critiquer d'avoir serré la main d'Hitler à Montoire. Il revenait chaque samedi avec un journal qu'il commentait avec des sarcasmes de plus en plus violents vis-à-vis du gouvernement en place à Vichy. D'abord, elle ne comprit pas que ce qu'il exprimait provenait des conversations avec ses compagnons de l'imprimerie. Elle lui fit observer que ce même gouvernement avait conclu la paix avec l'Allemagne et donc permis qu'il rentre chez lui. Il répondit que l'on ne pouvait pas accepter que son pays soit occupé par une puissance étrangère et qu'il faudrait bien que cela cesse un jour. C'était la première fois qu'il formulait des idées différentes des siennes, mais, au lieu de s'en désoler, Blanche s'en réjouit : il avait enfin pris son indépendance vis-à-vis d'elle, était devenu l'homme qu'elle avait rêvé de le voir devenir. Elle eut la conviction d'avoir gagné un des combats les plus difficiles de sa vie.

se désoler de - to be in despair
about (over something

18

Blanche ne s'inquiéta pas davantage quand Julien manifesta une réprobation de plus en plus vive vis-à-vis du maréchal, surtout à partir de l'hiver 41-42. Elle n'avait pas obtenu de mutation pour Valence et s'en désola auprès du maire qui lui avoua ne pas en être étonné. Le préfet s'était inquiété de ces réunions nocturnes auxquelles assistait Julien à Grenoble. Quand Blanche lui rapporta les propos du maire, qu'elle manifesta des regrets de ne pouvoir partir en ville, Julien, lui, n'en parut pas affecté.

– On attendra le temps qu'il faudra, dit-il. Il faut que nous puissions vivre libres.

Elle ne lui fit aucun reproche, lui demanda simplement d'être plus prudent.

Un autre été passa, durant lequel ils prirent le car pour Grenoble, où Julien lui montra l'imprimerie dans laquelle il travaillait, lui présenta Jean et ses collègues. Ils profitèrent aussi des congés de Julien pour mieux connaître le plateau, de Lans à Saint-Agnan, et même au-delà, vers les plaines, après le col de Rousset. Ces deux semaines firent pressentir à Blanche ce que pouvait être le bonheur d'une vie partagée chaque seconde, chaque minute, de jour comme de nuit. Elle espérait qu'il ne repartirait pas, s'imaginant qu'elle deviendrait folle à le savoir loin d'elle, qu'elle ne pourrait plus se passer de ses mains, de sa voix.

Elle lui demanda de le suivre à Grenoble pendant le reste des vacances scolaires, et il accepta. Dans une chambre, sous les toits de l'imprimerie, ils entretinrent le feu d'une passion qui leur fit négliger toute sécurité, à partir du jour où Julien prononça le mot « résistance ». Ils eurent alors des conversations animées durant lesquelles elle s'étonna de le trouver si convaincant. Ces délicieuses journées dans la grande ville préfiguraient celles qu'ils vivraient bientôt, quand elle aurait obtenu sa mutation. Elles les ancrèrent dans la conviction que leur vie, alors, ne serait plus que bonheur. Quand elle dut regagner le plateau, il lui promit de remonter de nuit tous les samedis soir, quel que soit le temps. Il tint parole, comme à son habitude, même s'il arrivait épuisé, vers minuit, et s'écroulait dans le lit chaud où elle l'attendait.

Au mois de novembre 42, au moment de l'occupation de la zone libre consécutive au débarquement américain en Afrique du Nord, Julien s'indigna :

– A quoi nous a-t-il servi, le maréchal ? Qu'en reste-t-il de notre pays, aujourd'hui ?

Elle dut en convenir, non sans lui recommander d'être prudent, de ne pas faire valoir ce point de vue ailleurs qu'à l'imprimerie, auprès des ouvriers en qui il avait confiance. Puis, l'hiver, en s'installant définitivement à la mi-novembre, cette année-là, enveloppa de nouveau le plateau et l'isola des événements du pays...

Comme ce matin, tandis qu'elle refermait son cahier, écoutant le silence autour d'elle, se demandant ce qu'elle allait bien pouvoir faire en attendant midi. Car ce qui lui manquait le plus, dans cet hiver, c'était de ne pas pouvoir descendre à l'école pour retrouver l'atmosphère qui avait embelli sa vie avant la solitude.

Elle sortit sur le balcon, observa la splendide blancheur que faisait étinceler le pâle soleil de l'hiver. C'était beau, mais froid, glacé comme son cœur, et elle se demandait si, comme le prétendait Evelyne, elle n'avait pas présumé de ses forces en revenant ici. A Nyons, elle avait acheté un poste de télévision, le regardait parfois, l'hiver, quand les jours étaient courts, que la nuit tombait dès cinq heures, et que, pendant les vacances, elle n'avait pas de cahiers à corriger.

Au moment de sa retraite, quand elle avait décidé de revenir en Vercors, elle avait donné l'appareil à sa fille, comme pour être sûre de se consacrer à ce qu'elle avait mûrement réfléchi : mettre ses pas dans les pas de Julien, se rapprocher au plus près de lui, resserrer le lien qui lui permettrait de le retrouver plus facilement après le grand voyage.

Une drôle d'idée, songeait-elle, pour quelqu'un qui, pendant longtemps, avait cru qu'il n'y avait rien après la mort. Jusqu'à ce que, à Nyons, un jour de printemps, le vent de toujours lui eût fait comprendre ce que disait Julien : oui, il y avait une vie après la mort, quoi qu'il se passe, pour les hommes comme pour les plantes, puisqu'ils étaient aussi issus du monde. Il semblait savoir beaucoup de choses d'instinct, Julien. Sans doute grâce à la vie qu'il avait menée dans les forêts. Il était confiant, n'avait peur de rien. Voilà, en fait, pourquoi elle est revenue : pour ne plus avoir peur, pour se réchauffer au feu de sa présence, même s'il brûlait plus ou moins bien selon les jours.

Elle rentra, frissonna, ajouta une bûche dans la cheminée et s'installa dans la cuisine pour préparer son repas. Un peu de soupe, une tranche de jambon, un fruit. Quand elle eut terminé, elle mit la table : deux couverts face à face. Elle garnit les deux assiettes, se désola, comme chaque fois, que Julien n'eût pas faim. Qu'importe, il était là, tout près, même s'il faisait partie d'un univers où l'on ne mangeait plus. Il la regardait manger et il prononçait quelques mots, de temps en temps, sans qu'elle en comprenne bien le sens, mais c'était déjà beaucoup plus qu'elle n'osait espérer.

19

Edmond n'était pas passé depuis deux jours et ce n'était pas dans ses habitudes. Ce matin de décembre, elle enfila ses chaussures de neige, passa son parka le plus épais et sortit. Le ciel était bouché. Des flocons de neige dérivaient mollement dans l'air glacé. Elle s'accrocha à la rampe, posa les pieds sur les marches avec précaution, traversa le jardin, jeta un regard vers les rosiers auxquels la neige formait des capuchons dont on avait l'impression qu'ils ne fondraient jamais.

Cinquante mètres à franchir, ce n'était pas beaucoup. Elle marcha lentement, ouvrit le portail du chalet d'Edmond, frappa à la porte du garage, mais nul ne répondit. Machinalement, elle appuya sur la poignée de la porte qui s'ouvrit. Elle entra, appela, eut peur de le trouver mort. A l'étage une voix se fit entendre, mais elle eut du mal à la reconnaître. C'était bien celle d'Edmond, pourtant. Elle monta, le trouva couché, les yeux brûlants de fièvre.

– J'ai même pas pu téléphoner, dit-il. Je tiens pas debout.

– Je vais le faire.

Blanche appela le médecin qui promit de passer en milieu de matinée.

– J'ai des cachets de paracétamol dans la cuisine, dit Edmond en essayant vainement de se redresser.

Blanche les chercha, les trouva, lui en donna deux avec un verre d'eau, puis elle s'assit sur la chaise, près du lit. C'était un homme immense, au visage lourd, mais aux yeux d'un vert très clair. Un homme qui avait perdu son fils aîné, âgé de vingt ans, dans un accident de voiture. Un homme qui avait eu le malheur de voir l'un de ses enfants mourir avant lui. Sa femme ne s'en était jamais remise, s'était perdue de dépression en dépression, jusqu'à en mourir. Lui, il était là, toujours vivant, farouche et méfiant envers la vie. C'était un roc, mais aujourd'hui ce roc était fissuré. Pourtant, comme Blanche, il avait trouvé la force de vivre, de continuer seul, ou presque, puisque son deuxième fils ne venait pas le voir. C'est Edmond qui allait à Lyon, une ou deux fois par an.

Il avait fermé les yeux, respirait difficilement. Blanche demeura auprès de lui le temps que le médecin arrive. Elle se sentait bien, là, à veiller sur un homme comme elle avait veillé sur Julien l'hiver où il avait été malade. C'était en janvier 43, elle remontait toutes les heures de la salle de classe vers l'appartement. Elle avait été heureuse de le soigner, de se pencher sur lui, de l'avoir tout à elle, tandis qu'au-dehors le vent et la neige s'acharnaient sur l'école en averses glacées. Elle lui posait des ventouses, lui faisait des tisanes et elle souhaitait que les beaux jours n'arrivent jamais.

Dès qu'il fut sur pied, cependant, il commença à parler de prendre le maquis, au sein d'un groupe qui existait déjà, au sud du plateau. Elle essaya pendant quelques jours de le retenir, puis elle y renonça : elle devinait qu'il suivait là un chemin qui le ferait grandir encore, devenir l'homme qu'il avait rêvé d'être. Aussi ne fut-elle pas surprise en avril quand, un soir, il lui annonça qu'il partait dans la nuit.

– Je suppose que je ne peux savoir où, dit-elle simplement.

– Non, il ne faut pas.

– Nous nous reverrons quand ?

– Je viendrai, la nuit, de temps en temps.

Il ajouta, la prenant par les épaules, plantant son regard noir dans le sien :

– Je te promets que nous nous marierons dès le jour où il n'y aura plus un Allemand chez nous.

– Pourquoi pas dès aujourd'hui ?

– Je ne veux pas te mettre en danger. Si ça se passait mal, ils remonteraient facilement jusqu'à toi.

Quand elle avait quitté l'abri de ses bras, elle avait eu froid comme jamais, et elle avait retraversé la cour en frissonnant. Dans l'appartement, elle s'était couchée, mais n'avait pu trouver le sommeil.

Le lendemain, le maire lui avait fait comprendre qu'il était au courant du départ de Julien, que lui aussi participait à la résistance et qu'il allait avoir besoin d'elle. Elle n'hésita pas à donner son accord, heureuse de rejoindre ainsi Julien dans le combat qu'il menait. Pendant un mois, elle n'eut pas de nouvelles, puis une lettre arriva, postée de Vassieux : tout allait bien, elle ne devait pas s'inquiéter. Elle se résigna à attendre, trouva dans son travail les forces nécessaires pour supporter une nouvelle séparation après celle de la drôle de guerre.

Il revint en juin, par une nuit toute crépitante d'étoiles, une nuit merveilleuse qu'ils avaient passée, enlacés, toutes fenêtres ouvertes, et il était reparti au petit jour, vers quatre heures, pour la montagne. Ce fut lors de ses départs successifs qu'elle mesura à quel point il était devenu indispensable à sa vie. Un feu dévorant brûlait en elle, la consumait du matin jusqu'au soir et, même en son absence, elle sentait ses mains sur elle, s'effrayait en imaginant la vie sans lui, se persuadait qu'elle ne survivrait pas à sa disparition. Elle comptait les heures, les jours, pleurait, riait, espérait sentir en elle une vie nouvelle, celle d'un enfant qu'il lui aurait donné et qui, lui, ne la quitterait jamais.

Pour encore mieux se rapprocher de lui, le rejoindre dans le combat qu'il avait choisi, elle accepta la mission que lui proposa le maire un matin de juillet : porter un pli à Saint-Julien, où se trouvait le PC du colonel Descours. Les militaires qui avaient pris en main les forces de la résistance se sentaient si sûrs d'eux, au sommet de ce plateau isolé dont les seuils étaient bien gardés, qu'ils avaient organisé les maquis en armée régulière, sans vraiment demeurer dans la clandestinité. Au lieu de déclencher des actions de guérilla dans les vallées grâce à des commandos volants, puis de se replier dans les montagnes, ils avaient voulu faire du Vercors un véritable bastion inaccessible aux Italiens et aux Allemands. D'où les PC organisés, connus de tous, ou presque, et qui, en juin 44, devaient même procéder à un défilé d'hommes en armes dans les rues de Saint-Martin.

On n'en était pas encore là, en juillet 43, quand Blanche partit sur la bicyclette prêtée par le maire en direction de Saint-Julien, avec pour

107

seul viatique un mot de passe : Valchevrière. Ce matin-là, Blanche n'avait aucunement l'impression d'un danger. Il faisait beau sur la route étroite qui sentait les feuilles des arbres et l'herbe des prés. Des paysans retournaient les foins avec des gestes mesurés, et la guerre semblait loin, si loin que Blanche doutait de l'utilité de sa mission. Elle n'avait pas du tout conscience d'agir pour la Résistance en portant un pli qu'elle avait glissé contre sa poitrine, entre sa robe et sa peau, et dont elle sentait parfois le contact en tournant le guidon.

Effectivement, elle remplit sa mission sans aucune difficulté, remettant l'enveloppe à un soldat en uniforme de chasseur, devant la maison dont le maire lui avait indiqué l'adresse. Il lui avait suffi, pour s'approcher, de donner le mot de passe aux deux soldats de garde au portail. Puis elle était repartie, pas davantage inquiète qu'à l'aller, heureuse, même, dans le formidable éclat du jour où les fleurs sauvages embaumaient.

Malgré l'absence de Julien, elle avait vécu cet été-là soutenue par le dessein qu'elle partageait avec lui : résister. Libérer le pays. Vivre libres. Il était revenu deux fois, toujours la nuit, en août et en septembre : des nuits merveilleuses, passionnées, d'une secrète folie, dont elle n'oubliait ni la moindre caresse, ni le moindre soupir, et à

108

l'issue desquelles, sans jamais le dire, elle avait espéré porter l'enfant de Julien. Pour la voir, la serrer dans ses bras, il lui arrivait de parcourir trente kilomètres à pied à l'aller, et autant au retour, car il évitait les routes et les moyens de transport.

En septembre, Blanche avait rempli deux autres missions, toujours à bicyclette, l'une à La Chapelle, l'autre, plus loin, à Saint-Agnan. Au fil des jours, l'école était devenue une boîte aux lettres pour le maire, qui, en accord avec Blanche, avait fait aménager une cache dans le mur de la cour. Avec l'arrivée de l'hiver, les routes étant impraticables, les missions avaient cessé, et Blanche s'était remise à attendre Julien.

Il vint passer Noël avec elle, resta quarante-huit heures, ne s'éloignant pas une seconde d'elle. Dans le lit de Blanche, ils ne se déprenaient pas de la nuit, demeuraient enlacés, respiraient le même air, bouche contre bouche. Chaque fois, elle le trouvait davantage changé. Encore plus fort, encore plus sûr de lui, et elle s'en réjouissait. Il assurait que l'année à venir allait être décisive, qu'un débarquement allié allait intervenir, que les Italiens et les Allemands seraient chassés avant le prochain hiver. Blanche le croyait, buvait ses paroles, prenait ses mains, ne les lâchait pas. Ils faisaient des projets, toujours les mêmes : la ville, l'imprimerie, leur mariage, la concrétisation, enfin, de tous leurs espoirs. Parfois même Julien envisageait de travailler dans un journal, c'est-à-dire d'écrire lui-même. Avant de repartir, il avait laissé à Blanche le carnet où il avait noté des poèmes, dont le premier disait :

« Dans la montagne aux yeux de glace,
Le ciel respire la lumière
Sur les routes nulle trace,
Nulle prière
Dans l'espace. »

Comment l'aurait-elle oublié, ce premier poème ? Elle se rappelait les syllabes et les mots ânonnés dans la salle de classe, il y avait longtemps, et elle se sentait plus près de lui que s'il avait été présent.

En fait, elle pourrait les réciter tous, ces poèmes, tant ils l'avaient aidée, après le grand malheur, à ne pas sombrer corps et âme. Et ce matin, tandis qu'elle attendait dans la cuisine que le médecin eût fini d'ausculter Edmond, elle ferma les yeux pour imaginer plus facilement que c'était Julien qui se trouvait dans la chambre. Même quand le jeune médecin aux grosses lunettes, sous lesquelles des yeux vifs et intelli-gents l'examinaient, même quand il lui tendit l'ordonnance, Blanche s'imagina qu'il s'était occupé de Julien. Ce n'est que lorsque sa voiture s'éloigna que Blanche repassa dans la chambre et reconnut Edmond. Ce n'était pas Julien, non, mais elle eut plaisir à s'occuper de lui, à lui indiquer qu'elle descendrait à la boulangerie remettre l'ordonnance, afin que le boulanger rap-porte les médicaments de La Chapelle.

– Je reviendrai le plus vite possible, dit-elle.

Et elle ajouta, tandis qu'Edmond, épuisé, hochait la tête sans pouvoir prononcer un mot :

– Sans doute en fin d'après-midi.

– Merci, souffla Edmond.

Elle descendit, sortit par le garage, parcourut lentement les cinquante mètres qui séparaient le chalet d'Edmond du sien, ne s'arrêta pas chez elle, descendit directement au village. Plus elle approchait de la place, plus la route était déga-gée. Elle donna l'ordonnance à la boulangère, remonta chez elle en faisant bien attention à ne pas tomber. Depuis ce matin, il y avait moins de douleur en elle : un homme avait besoin d'elle. C'était le plus beau cadeau que la vie, dans l'hiver de son cœur, pouvait lui apporter.

cleared/unblocked/free

20

Blanche soigna Edmond pendant huit jours
et il s'adoucit vis-à-vis d'elle, se montra recon-
naissant. L'éclat farouche de ses yeux s'était
éclairci depuis le moment où elle avait passé
sa main sous sa tête pour l'aider à avaler ses
antibiotiques. Il avait alors accepté cette douceur
de femme pendant quelques jours, mais il avait
repris rapidement des forces, car il n'était pas
homme à se laisser aller. Il l'avait remerciée,
mais sans s'épancher, et ne lui avait pas proposé
de revenir. D'ailleurs, pourquoi l'aurait-il fait ?
L'un et l'autre savaient que leur vie passée les
séparait irrémédiablement. Blanche, résignée,
avait retrouvé sa solitude après ces jours différents des autres durant lesquels elle s'était sentie
utile, presque heureuse.

Dehors, la neige recouvrait les grands arbres
et les pentes d'une couche de plus en plus
épaisse dont la vue commençait à l'oppresser.
Le silence était total, le ciel bouché, comme en

combler – to fill up, satisfy, make up for

plein cœur de l'hiver. Mais n'était-ce pas ce qu'elle avait voulu ? S'enfermer avec le souvenir de Julien pour mieux ressentir sa présence, le rejoindre plus facilement, au moins par la pensée ? Alors ? Que pouvait-elle espérer de plus ?

Elle s'assit dans son fauteuil, face à la cheminée où flambait un bon feu, et elle ouvrit le carnet qu'il lui avait laissé, cet hiver-là. C'était douloureux mais nécessaire, elle le savait, pour combler le temps et l'espace, pour retrouver ces heures où elle avait été heureuse. Elle lut à mi-voix :

> « Un matin bleu,
> La paille rousse,
> Le chat ronronne dans un coin.
> Sur le chemin,
> Un enfant tousse.
> Il y a des fleurs dans le jardin. »

Comment Julien pouvait-il écrire des vers d'une telle paix, d'une telle sérénité alors qu'il vivait parmi des hommes en armes ? Sans doute parce que l'écriture, qu'il avait appris à maîtriser, était plus forte que tout ce qui l'entourait, lui dissimulait le monde et la réalité. Et, pourtant, la réalité du monde se faisait de plus en plus menaçante en ce mois de janvier 1944.

dissimuler to conceal / cover up.

113

Blanche eut très peur en apprenant une incroyable nouvelle de la bouche même du maire : alors que l'on croyait le plateau inaccessible, les Allemands, en plein hiver et sous la neige, avaient lancé une opération contre le maquis de Malleval situé sur les pentes ouest du Vercors, au-delà des gorges de Nant, réputées infranchissables. Ils les avaient pourtant contournées sans difficulté, avec des camions et les armes nécessaires pour donner l'assaut. Alertés trop tard, les maquisards n'avaient pu échapper à l'encerclement et avaient tous été tués. Le village lui-même avait été réduit en cendres. Huit civils avaient été brûlés dans une ferme voisine. Le presbytère désaffecté qui servait de PC avait été dynamité.

Quand la nouvelle était parvenue aux oreilles de Blanche, elle en avait été épouvantée : Julien ne faisait-il pas partie du groupe de Malleval ? Elle ne savait pas. Elle courut chez le maire, l'implora de se renseigner, en perdit le sommeil tout le temps que dura son attente. Mais la prudence était de mise et elle dut patienter huit jours avant que Julien ne donne de ses nouvelles : il était bien vivant, ne se trouvait pas à Malleval, mais plus au sud, entre Saint-Agnan et le col de Rousset.

Il revint, de nuit, à la mi-février, malgré la neige épaisse, et elle eut du mal à reconnaître

114

l'homme qui avait fait tant de projets à Noël, près d'elle, pendant ces quelques jours où ils avaient été si heureux. Elle comprit qu'il avait été ébranlé autant qu'elle par les événements de Malleval.

– Je ne vais pas repartir, lui dit-il dès que ses bras se furent refermés sur elle. Je sais aujourd'hui ce qui compte le plus pour moi : vivre près de toi. J'ai bien réfléchi, nous allons nous marier. Je n'ai pas besoin de la ville, ni de travailler dans une imprimerie ou d'écrire dans des journaux. Je n'ai besoin que de toi, de tes bras, de tes yeux, de ta force, de ta confiance.

Et, comme elle demeurait muette, foudroyée par cet aveu auquel elle ne s'attendait pas, il ajouta :

– Avec toi, je pourrais même redevenir charbonnier.

Elle ne répondit pas davantage, car elle était trop bouleversée pour cela. Elle ne dormit pas de la nuit, attendit le matin, fit taire en elle son besoin vital, essentiel, de vivre près de lui. Elle souhaitait autant son bonheur que le sien, elle le voulait heureux, réalisé, vainqueur. Elle se refusait à ce que tous les efforts qu'il avait consentis demeurent vains. Après une nuit blanche, elle lui déclara, avec dans la voix une dureté dont elle comprit qu'elle lui faisait mal :

– Je n'irai jamais vivre dans une forêt avec

toi. J'ai envie de vivre dans une ville et de te voir écrire, un jour. C'est aussi important pour moi que pour toi.

En même temps qu'elle parlait, une voix criait en elle des mots différents. Elle se troubla, réussit néanmoins à aller jusqu'au bout :

– Pour le reste, tu m'as dit toi-même que cette année serait décisive. C'est toi qui m'as appris ce que signifiait le mot résistance. Nous serons libres bientôt : libres de penser ce que nous voulons, libres de vivre où bon nous semble, libres de nous aimer comme nous le souhaitons. Nous arrivons au bout de ce combat. Nous le gagnerons ensemble, tous les deux, comme nous avons gagné celui du savoir et de la connaissance.

Il la considéra d'un air surpris, sourit, plein d'humilité.

– Je te demande de me croire quand je te dis que je peux renoncer à tout, sauf à toi.

– Je te crois, Julien. Je n'oublierai jamais ce cadeau magnifique.

Tout était dit. Il s'en alla et, tandis qu'il traversait la cour de l'école, elle dut agripper le bord de l'évier pour ne pas se lancer à sa poursuite, le retenir, le prendre dans ses bras et ne plus le lâcher. Quand elle desserra ses doigts, ils étaient blancs : le sang les avait quittés. Alors,

lâcher to loosen, slacker

elle enfouit son visage dans une serviette pour ne pas hurler.

Elle dut pourtant se remettre à vivre et à espérer, malgré la peur qui était là, à présent tapie en elle, et ne la laissait jamais en paix : on s'était cru en sécurité ici et on venait de découvrir que l'on ne l'était pas du tout puisque le bataillon qui était intervenu à Malleval l'avait fait en plein hiver, avec rapidité et efficacité. Il apparaissait évident que les Allemands possédaient des sources de renseignement au sein même du Vercors, ce qui semblait proprement impensable quelques jours auparavant et se révélait très inquiétant. Et cependant elle avait laissé repartir Julien. Elle songea plusieurs fois qu'elle était folle, s'en voulut, puis elle se consola en se disant que, quoi qu'il advînt, elle se savait plus riche que n'importe quelle femme au monde : l'homme qu'elle aimait avait renoncé pour elle au plus grand rêve de sa vie.

Fin février, par souci de sécurité et pour ne pas l'exposer plus que nécessaire, le maire déplaça la boîte aux lettres de l'école vers une ferme située à l'extérieur du village, sur la route de La Chapelle. Blanche, alors, retrouva un peu de calme, parvint à s'apaiser. Il ne se passait pas une heure sans qu'elle songeât aux paroles de Julien lors de son dernier séjour. Ce souvenir lui tenait chaud, la réveillait la nuit, comblait sa solitude d'une sorte de sérénité. Pendant la journée, la présence de quelques élèves à l'école l'aidait à patienter, à oublier la menace qui rôdait, à supporter l'hiver qui lui semblait devoir durer toujours.

wrapped up in a man's fur-lined jacket

L'hiver de cette année 1944 faiblit dès la mi-mars, dégageant les routes, dessinant sur la forêt des îlots sombres aux endroits où la neige fondait. Le 18 au matin, il ne faisait pas trop froid et le maire donna à Blanche un pli pour le PC du colonel Descours à Saint-Julien. Elle partit à bicyclette, soigneusement emmitouflée dans une canadienne d'homme. Elle avait glissé le pli sous sa robe et pédalait sans se presser dans le jour naissant, l'esprit toujours occupé par la sécurité de Julien bien plus que de la sienne. Le brouillard tardait à se lever et, pourtant, elle devinait que le soleil n'était pas loin, qu'il apparaîtrait avant onze heures.

Quand elle atteignit la première maison de Saint-Julien, il sembla à Blanche apercevoir une main derrière une vitre et elle pensa qu'on lui disait bonjour. Pressée de s'acquitter de sa mission, elle continua, passa le virage qui menait à la place de l'église et là, soudain, elle aperçut un camion, à moins de vingt mètres d'elle. Juste le temps de ralentir et elle devina les deux uniformes verts qui couraient vers elle. Même pas le temps de faire demi-tour.

– *Ruhe ! Kommen sie !*

Blanche n'y croyait pas : comment les Allemands pouvaient-ils se trouver à Saint-Julien, ce matin du 18 mars sans que personne n'eût donné l'alerte ? C'étaient bien deux soldats, pourtant, qui la menaçaient de leur mitraillette et la faisaient avancer vers le camion qui barrait la route. Elle songea au pli qu'elle portait, mais sans véritable crainte. Ce devait être un contrôle de routine. D'ailleurs ils n'étaient pas menaçants, se contentaient de répéter :

– *Ruhe ! Ruhe !*

Elle essaya de parlementer tandis qu'ils la faisaient monter dans le camion pour la confier à un soldat également armé d'une mitraillette. Celui-ci pointa son arme vers elle et répéta :

– *Ruhe !*

Il parlait tout bas, comme pour lui imposer le silence. Elle se demandait pourquoi quand une fusillade retentit brusquement, appuyée par des tirs de mortier et de grenades. Elle entendit vaguement des cris, puis des rafales de mitraillette, des explosions, mais tout cela ne dura guère plus de dix minutes. Dans le camion, le soldat s'était levé et regardait à l'extérieur. Elle songea à fuir mais pensa aux deux autres, sur la route. Tout avait été si bref, si inattendu, qu'elle avait du mal à le croire. « C'est donc cela, la guerre », songea-t-elle.

Le soldat semblait maintenant très excité. Il la fit descendre et, rejoint par les deux autres, la conduisit vers une maison qu'ils venaient de réquisitionner. Elle se demandait où se trouvaient les occupants, quand surgit un officier auquel les soldats s'adressèrent avec déférence. Elle comprit qu'ils expliquaient comment ils l'avaient arrêtée. Elle n'avait pas vraiment peur. Un feu brûlait dans la cheminée de la cuisine où on l'avait amenée. Elle faisait face à l'officier qui s'était assis de l'autre côté d'une table où se trouvaient les reliefs d'un petit déjeuner. Blanche se demandait si le maire n'allait pas s'inquiéter et venir à sa rencontre, quand la première question fusa dans un français impeccable, souligné seulement par un léger accent :

– D'où venez-vous, madame, de si bon matin ?

– De Chalière, à trois kilomètres d'ici.

– Et que veniez-vous faire à Saint-Julien ?

– Je ne venais pas à Saint-Julien, j'allais plus loin, vers la forêt de Chalimont pour voir une vieille tante.

Les yeux clairs de l'officier la scrutaient d'une manière impitoyable et quand il souriait, ses lèvres minces ne se desserraient pas.

– Comment s'appelle-t-elle, cette tante ?

– Marthe, répondit Blanche, usant du premier prénom qui lui venait à l'esprit.

– Et son nom, madame ? fit l'officier dont la politesse la rassurait un peu.

– Chastel, répondit Blanche en donnant le nom de celle qui l'avait accueillie à Valence, et qui ne risquait rien.

L'officier resta un long moment à l'observer, puis il se leva brusquement, frappa la table avec sa main droite et hurla :

– C'est faux ! Vous mentez ! Vous veniez rejoindre le PC des terroristes.

Il sembla à Blanche que le sang se retirait de son corps. Elle eut froid, tout à coup, se mit à trembler, bredouilla d'une voix qu'elle ne reconnut pas :

– Je ne savais pas qu'il y avait ici des – elle buta sur le mot en songeant vaguement à Julien – ... des terroristes.

– Si ! vous le saviez. Il est trop tôt pour aller voir une tante dans les parages et il fait trop froid.

Il reprit, sans lui laisser le temps de répondre :

– D'ailleurs, pourquoi avez-vous si peur ?

– Je n'ai pas peur, j'ai froid.

– Si vous craignez le froid, il ne faut pas sortir de si bonne heure, madame. Madame comment, dites-moi ?

– Madame Morel.

– Et votre petit nom ?

– Blanche.

– Blanche, Blanche Morel, murmura l'officier qui semblait chercher dans sa mémoire.

Il ne la quittait pas du regard.

– Vous avez un métier, madame ?

– Je suis maîtresse d'école.

– Il n'y a pas d'école, aujourd'hui ?

– C'est la femme du maire qui garde les enfants avant mon retour. Ils ne sont pas nombreux en cette saison.

Blanche sentait un étau se refermer inexorablement sur elle.

– Et où donc, dites-vous ?

– A Chalière.

– Ce n'est pas bien, ça, madame, d'abandonner des enfants quand on est maîtresse d'école.

Il poursuivit, d'une voix qui glaça le sang de Blanche :

– Il faut avoir une bonne raison, pour ça, n'est-ce pas, madame ?

– Ma tante est malade.

L'officier, qui s'était assis de nouveau, balaya l'argument de la main.

– Vous êtes mariée, je suppose.

– Non.

– Comment une aussi belle femme que vous peut ne pas être mariée ? demanda-t-il.

fouiller - to search

Et il ajouta :

– Votre mari se trouve parmi les terroristes, n'est-ce pas ?

– Non, fit Blanche, je vous jure que non. Je ne suis pas mariée.

Jamais elle ne se félicita comme ce matin-là d'avoir écouté Julien qui craignait pour sa sécurité.

L'officier la dévisagea en silence pendant quelques secondes, reprit :

– Malheureusement, je n'ai pas le temps de vérifier tout cela. Je vais donc vous faire fouiller et si vous n'avez rien de compromettant sur vous, je vous laisserai repartir.

Et, d'une voix faussement désolée :

– Je n'ai pas de femme à ma disposition ; ce sont mes hommes qui vont le faire.

Blanche, songeant au pli qu'elle portait, se vit perdue. Elle chercha une échappatoire, murmura seulement :

loophole, way out

– Vous ne pouvez pas faire ça.

– Je peux tout faire, madame, c'est la guerre, vous savez ?

Il réfléchit un instant, proposa :

– A moins que vous n'y mettiez de la bonne volonté, dans ce cas, je ferai sortir mes hommes.

– Oui, dit-elle, s'il vous plaît.

Elle entendit s'éloigner deux soldats dont elle n'avait pas senti la présence derrière elle.

– Eh bien ! J'attends, dit l'officier.

Et, comme elle ne pouvait esquisser un geste :

– Dépêchez-vous, madame, j'ai déjà perdu trop de temps avec vous.

Blanche enleva sa canadienne, la posa sur le bureau et dit, pleine d'espoir :

– Regardez vous-même.

Il fouilla les poches, reprit :

– Continuez, madame, et faites vite.

Blanche sentait l'enveloppe contre sa peau, elle lui paraissait minuscule, invisible et elle espérait encore pouvoir se sauver. Elle défit sa veste de laine, ses chaussures, apparut en jupe et chemisier.

– Eh bien, madame, fit l'officier.

– Vous voyez, vous n'avez rien trouvé, dit-elle d'une voix qui se brisa sur la fin.

– Finissons-en et vous pourrez partir.

– Je vous jure que je n'ai rien sur moi.

– Prouvez-le-moi et je vous rendrai votre liberté avec le plus grand plaisir.

Les mains de Blanche se portèrent sur le haut de sa jupe, mais elle ne put se résoudre à la dégrafer. Même si elle en avait eu la volonté, ses doigts tremblaient trop.

– Je ne peux pas. Il faut me croire.

– Je vous comprends, dit l'officier, c'est bien normal. Je vais vous aider.

125

Il se leva et elle eut un mouvement de recul qu'il arrêta en disant :

– A moins que vous ne préfériez que j'appelle mes hommes.

– Je vous jure que je n'ai rien sur moi, répéta-t-elle.

– Alors, ne vous inquiétez pas, dans deux minutes vous serez libre.

Elle n'était plus que glace, incapable d'esquisser le moindre geste de défense. Tout alla très vite. La main de l'officier ne s'attarda pas sur elle comme elle le redoutait : elle se posa directement sur son estomac, à l'endroit même où l'enveloppe, ayant glissé un peu, formait un angle anormal, visible à quelques pas. Il suffit à l'officier d'écarter le chemisier, entre deux boutons, pour la trouver et, sans un mot, repasser de l'autre côté de la table où il la décacheta.

Quand son regard se leva de nouveau sur Blanche, il ne souriait plus. Elle lut dans ses yeux une colère froide, si froide, si cruelle, qu'elle crut qu'il allait la faire fusiller. Il lança un ordre et les deux soldats entrèrent.

– Nous emmenons cette dame avec nous, dit-il.

Et à Blanche :

– Vous avez trente secondes pour vous rhabiller.

Elle songea qu'il ne l'aurait pas fait se rhabiller pour la fusiller, se rechaussa très vite, passa sa veste de laine, puis sa canadienne, et croisa volontairement le regard de l'officier, espérant follement qu'il allait avoir pitié d'elle, mais il refusa ce regard.

Les soldats la conduisirent vers un camion et la firent asseoir face à eux, sans qu'elle puisse s'arrêter de trembler. L'air du matin sentait la poudre et le bois brûlé. Elle aperçut un toit qui flambait et, tout à coup, alors que le camion démarrait, elle pensa à Julien. Elle hurla, se leva, tenta de sauter, mais l'un des soldats, d'un coup de crosse, l'envoya chuter vers l'arrière, où elle se cogna contre une barre métallique. Elle perdit connaissance pendant quelques secondes, retrouva ses esprits, tenta de se relever, mais, menacée par le canon d'une mitraillette, elle ne bougea plus.

Ce n'était pas facile d'écrire cela. Comment exprimer vraiment cette sensation de désespoir total, de froid dans tout le corps, d'abandon ? Plus de cinquante ans plus tard, Blanche tremblait de la même manière que ce matin-là, sans pouvoir s'en empêcher. Elle se leva, s'approcha du feu, s'assit le dos contre le bord de la cheminée, mais elle ne parvint pas à se réchauffer. Elle était trop seule, il fallait à tout prix qu'elle parle à quelqu'un. Elle se releva, s'approcha du

empêcher to prevent
obstruct

téléphone, composa le numéro de sa fille, tomba comme d'habitude sur la secrétaire qui répondit :

– Votre fille est au palais. Je lui demande de vous rappeler si vous voulez.

– Oui, je veux bien.

Blanche réfléchit, ajouta :

– Non, ce n'est pas la peine.

– Vous êtes sûre ?

– Oui, je rappellerai, moi.

Car c'était maintenant, tout de suite, et non pas dans une heure ou deux, qu'elle avait besoin d'entendre Evelyne.

Elle reposa le combiné du téléphone, soupira, revint vers le bureau, s'apaisa un peu. Elle saisit le carnet bleu, passa dans la cuisine, le posa sur la table, le feuilleta. Seuls les mots de Julien avaient aujourd'hui le pouvoir de calmer son cœur. Elle relut ce poème qu'elle connaissait par cœur :

> « Soupirs des soirs et des matins
> Sur des nappes fidèles
> Aux carreaux verts et rouges
> La bouteille de vin
> Les mouches bleues
> La couronne de pain
> L'air épais casse entre les mains. »

Il était né pour vivre heureux, Julien. Il savait la beauté des choses, la gravité de l'existence et

sa fragilité. Il essayait de donner aux jours le
juste poids qu'il fallait pour bien les vivre. Il
savait, sans doute, qu'ils lui étaient mesurés.
Comme elle, aujourd'hui. En écrivant, elle tentait de donner à ses jours le poids qu'ils avaient
perdu. Car ils n'étaient plus que duvet de
colombe, ils ne pesaient plus assez pour la retenir de ce côté de la vie. Là résidait la douleur
de la vieillesse où, parfois, rien n'est plus assez
important pour continuer. Et cependant il le fallait. Parce qu'elle avait toujours continué, même
aux pires moments de son existence. Parce que
viendraient bientôt le printemps et ce vent de
toujours auquel Julien croyait tellement.

22

Enfin Noël. Evelyne allait arriver. Blanche oublia son cahier, le carnet de Julien, le tableau, le passé dans lequel elle s'était réfugiée. La vie était là, de nouveau, chaude et sacrée. Il fallait préparer la table, la chambre, même si Evelyne avait précisé au téléphone : « Ne t'occupe de rien, j'apporte tout ce qu'il nous faut pour le réveillon. » Elle avait ajouté qu'elle arriverait vers trois heures, à moins qu'il n'y ait trop de circulation. Blanche regarda sa montre : il n'était que deux heures et demie. Elle avait demandé à Evelyne combien de temps elle allait rester. « Deux jours, j'espère », avait répondu sa fille. Que les minutes étaient lentes, mon Dieu ! Et comme elle avait attendu ce moment ! Elle avait mis sa plus belle robe, où dominait le mauve, la dernière qu'elle eût achetée à Nyons, avant de remonter sur le plateau. Elle s'était maquillée un peu, afin que sa fille ne s'inquiète pas de la trouver amaigrie. Elle avait fait le ménage, le lit

de la chambre d'amis, et maintenant elle attendait, assise derrière la fenêtre d'où elle observait
la petite route qui montait du village.

Elle aperçut aussi les massifs blancs de la
montagne, le ciel dégagé par endroits, s'efforça
de ne pas se laisser glisser vers un passé que
tout évoquait au-dehors, car ce n'était pas le jour.
Elle aurait tout le temps, quand elle serait de
nouveau seule, que les heures se ressemble-
raient, de remonter le chemin qui, elle le pensait,
elle l'espérait vraiment, la conduirait jusqu'à
Julien.

Elle devait profiter du présent, de cette joie
qui lui était donnée aujourd'hui et qui ne durerait
pas. Pour éviter que ses pensées ne lui échappent
et ne se tournent vers les souvenirs, elle se leva,
passa une nouvelle inspection dans toutes les
pièces, comme jadis, à l'école, elle inspectait les
ongles et les oreilles des enfants : la chambre où
allait dormir Evelyne, le lit bien fait, bien net,
avec des draps et des taies d'oreillers bleus, les
étagères de livres, l'armoire rustique achetée à
Nyons ; la salle de bains, petite mais d'un vert
clair qui évoquait les feuilles des arbres au printemps ; sa propre chambre, un peu plus grande
que l'autre, avec une petite bibliothèque vitrée,
une armoire en bois clair, une commode sur
laquelle étaient posées des photos. En face de la
cuisine, la salle à manger, trop grande pour elle

seule, et, au bout, face à la cheminée, le coin bureau, avec une autre bibliothèque où étaient entreposés ses souvenirs : photos de classes et livres d'école qu'elle avait gardés précieusement puisqu'ils représentaient la plus grande part de sa vie ; derrière le bureau, le tableau noir dont Evelyne, comme d'habitude, s'étonnerait bien qu'elle le remarquât en soupirant lors de chacune de ses visites : « Ma pauvre maman, tu ne changeras jamais. »

Pourquoi devrait-elle changer ? Sa vie était une, elle se refermait sur elle-même comme un cercle parfait, elle l'avait voulue ainsi, du moins après la disparition de Julien. Une vie consacrée aux enfants des écoles, à un mari, à des petits bonheurs, et beaucoup de courage. Toujours. Ce n'était pas si mal. Elle avait fait ce qu'elle avait pu, elle s'était battue quand d'autres, à sa place, n'auraient pas survécu.

Une voiture remonta la route, s'engagea dans l'allée. Blanche se précipita à la fenêtre : c'était bien sa fille. Elle ouvrit la porte, entendit : « Ne descends pas, maman, tu tomberais. » En moins d'une minute, Evelyne avait ouvert le coffre, saisi deux sacs, monté les marches et déjà elle déposait dans la cuisine tout ce que contenait sa voiture, embrassait sa mère, allait de pièce en pièce, très élégante dans son tailleur gris, répandant dans la salle à manger son parfum dont

132

Blanche ne se rappelait jamais le nom. « Charlie, de Revlon », précisa Evelyne. Et, chaque fois, Blanche était frappée au cœur par la manière qu'avait sa fille de se déplacer ou de regarder les autres : c'étaient celles de son père. Exactement. Sans doute parce qu'elle était brune, comme lui, que ses yeux étaient aussi de la même couleur, qu'il fallait bien qu'un enfant ressemble à l'un de ses parents – mais Blanche regrettait souvent que sa fille ne fût pas celle de Julien.

Enfin assise, Evelyne parla : de son voyage sur l'autoroute, des embouteillages de plus en plus nombreux, de Marseille, de sa vie, passionnante, de ses dernières plaidoiries, et elle termina, comme toujours, son envolée par la même constatation :

– Je me demande vraiment ce que tu es revenue faire ici.

– Je te l'ai déjà dit.

– Oui, je sais, mais tu n'imagines pas les problèmes que ça me pose pour venir te voir.

– Ne crois pas ça, je l'imagine sans peine.

– Alors ? Pourquoi ne prends-tu pas un appartement à Marseille, près de moi ?

– Je ne peux pas, répondit Blanche.

– Et pourquoi donc ?

– Je te l'ai déjà expliqué, tu le sais bien.

– Maman, on ne peut pas vivre avec des morts.

dévisager to stare

– Il faut croire que si.

Evelyne s'arrêta, dévisagea sa mère.

– Pas moi, murmura-t-elle.

– Tu as raison, ma chérie, et c'est pourquoi tu me rends heureuse.

Evelyne dévisagea sa mère un instant, puis lança en se levant brusquement :

– Alors, allons fêter ça !

Elle passa dans la cuisine, ouvrit l'une des deux bouteilles de champagne qu'elle avait apportées, noua un tablier autour de sa taille, se mit en cuisine, aidée par Blanche un peu grisée par le mouvement, par cette sorte de folie joyeuse qui était entrée dans la maison en même temps que sa fille. Grisée et heureuse, même, de voir Evelyne casser une assiette, en rire, boire une deuxième coupe de champagne, parler, raconter, prétendre l'emmener dans une boîte de nuit après le réveillon.

Le champagne enivrait Blanche, mais c'était si bon de se laisser aller, d'oublier le passé, de voir pétiller les yeux de sa fille qui ne cessait de parler de ses voyages, de la grande ville, de ses relations, d'un de ses collègues qui semblait ne pas la laisser indifférente.

– Tu vas te remarier ? demanda Blanche.

– Ecoute, maman, dans ma vie, jusqu'à aujourd'hui, je n'ai jamais fait deux fois la même bêtise. Et d'ailleurs, toi, est-ce que tu t'es remariée ?

134 *griser - to get drunk/be intoxicated*

pétiller - to sparkle, effervesce, crackle

– Ce n'est pas la même chose. Je n'ai pas divorcé, moi.

– Oui, c'est vrai, mais les hommes, tu sais, ils ne s'intéressent vraiment qu'à eux-mêmes.

– Ce n'était pas le cas de ton père.

– C'est vrai, mais il y a combien de temps ?

– Il vaut mieux ne pas compter.

– Oui, c'est ça, ne comptons pas, buvons.

Elles avaient fait la cuisine, dressé la table avec les plus beaux couverts de Blanche : le service en Limoges et les verres en cristal ; elles avaient mangé des huîtres, du foie gras, du homard, elles avaient beaucoup parlé, beaucoup ri, et elles étaient maintenant assises face à face, à plus de minuit, fatiguées, mais comblées par ces quelques heures.

– Tu vois, reprit Evelyne, si tu étais plus près, on se ferait des petites fêtes plus souvent.

Comme Blanche ne répondait pas, elle ajouta :

– Si tu étais malade, ici, toute seule, que deviendrais-tu ?

– Je ne suis pas malade.

– Tu vieillis, comme tout le monde. Si tu avais un accident ou un malaise, personne ne s'en apercevrait. Tu pourrais mourir seule.

– Qu'est-ce que tu vas chercher, soupira Blanche.

– Voilà ce que nous allons faire, décida Evelyne, je vais acheter un appartement pour toi à Marseille. Tu viendras quand tu le souhaiteras.

– Mais non, je suis bien là.

– Je me fais trop de souci pour toi, surtout en hiver. Et je suis trop prise, j'ai trop de travail, Chalière est trop loin pour moi.

Elle ajouta, après une hésitation :

– D'ailleurs, je suis obligée de repartir demain matin.

Subitement dégrisée, Blanche protesta :

– Tu m'avais dit que tu resterais au moins deux jours.

– Je ne peux pas et je pourrai de moins en moins. C'est pour cette raison qu'il faut que tu te rapproches, que tu viennes habiter à Marseille.

Et comme Blanche, désespérée, tout à coup, ne trouvait pas la force de se rebeller :

– Enfin ! maman ! Je ne te parle pas de maison de retraite, je te parle d'un bel appartement, dans un beau quartier, avec de la vie autour de toi, des fleurs, des arbres.

– Les fleurs et les arbres, ce n'est pas ce qui manque ici.

Evelyne soupira, reprit :

– Promets-moi au moins d'y réfléchir.

– Oui, je te le promets.

– Merci, maman.

Puis Evelyne se leva et l'embrassa en disant :

– Allons nous coucher, il faut que je sois à Marseille pour midi.

Blanche n'avait plus de forces : l'alcool, le bonheur de ces instants volés à la solitude, le parfum de sa fille, son goût pour la parole, pour l'action, l'avaient épuisée. Elle n'avait plus l'habitude d'être bousculée ainsi. Elle passa dans sa chambre, se coucha très vite et, dans la minute qui suivit, s'endormit dans la délicieuse sensation d'une maison où elle n'était plus seule, au moins pour une nuit.

23

Evelyne était partie. En ce jour de Noël où la
brume ne se levait pas, Blanche avait retrouvé
la solitude qu'elle avait choisie et dont elle souffrait plus qu'elle ne se l'avouait. Elle n'avait pas
mangé. Elle s'était assise à son bureau, face au
feu de la cheminée qui ne la réchauffait pas
assez. Elle avait froid. Elle pensait à Marseille,
à un bel appartement près de sa fille, à sa promesse qu'elle ne tiendrait pas, elle le savait très
bien. Non, elle n'irait pas vivre là-bas. Car si
elle était remontée ici, ce n'était pas par hasard,
mais parce que, à Nyons, elle avait perdu
l'essentiel de sa vie. Elle avait recommencé là-
bas une existence qui l'éloignait trop de Julien.
C'était nécessaire, alors, pour pouvoir continuer,
mais aujourd'hui ? Il fallait retisser ce lien dis-
tendu par le temps, elle le savait, il le fallait. Car
si elle n'avait pu vivre avec Julien dans cette vie,
elle espérait de toutes ses forces vivre avec lui
dans celle d'après, s'il en existait une. Et pour

cela, pour seulement pouvoir l'espérer, il fallait renouer avec lui, sans quoi elle ne le retrouverait pas, elle en était persuadée. Cela pouvait paraître absurde, mais elle avait senti cela si fort, une nuit, à Nyons, que le lendemain sa décision était prise. Depuis, elle poursuivait ce chemin dans la difficulté, dans la douleur, mais aussi dans la certitude que c'était le seul qui pouvait la conduire un jour auprès de Julien.

Sur ce chemin, pourtant, elle avait de plus en plus froid. Surtout quand elle écrivait sur son cahier, comme ce matin, le récit de ce jour où le camion des Allemands la conduisait vers une destination inconnue. Deux fermes brûlaient du côté droit de la route, avec des craquements sinistres. Un cadavre d'homme gisait contre le talus. Qu'est-ce qui avait bien pu se passer ? Comment les Allemands avaient-ils pu se trouver à Saint-Julien en ce matin de mars sans que personne, une fois de plus, comme à Malleval, n'ait pu donner l'alerte ? Et pourquoi était-elle seule dans le camion avec les soldats ? Où la conduisaient-ils ?

Ils l'emmenaient simplement vers le lieu d'où ils étaient venus, c'est-à-dire Grenoble. Elle le comprit au bout d'une heure, quand, une fois à Villard, ils prirent la route de Lans, alors que le soleil s'était enfin levé, donnant à Blanche l'impression que ce jour aurait pu être un jour

talus – slopelbault

139

comme les autres. D'ailleurs, les soldats ne se montraient pas menaçants. Assis en face d'elle, très jeunes, ils parlaient calmement entre eux. Blanche ne se sentait pas coupable : elle n'avait fait que porter une lettre, on ne tuait pas les gens pour si peu de chose, et puis on ne l'avait pas fusillée, elle, au contraire des résistants de Saint-Julien. A un moment, cependant, elle songea que cette lettre pouvait mettre Julien en péril et qu'elle serait responsable s'il lui arrivait malheur. Elle eut un gémissement de crainte et de douleur, puis s'efforça de raisonner : il se trouvait loin de Saint-Julien et l'alerte avait sûrement été donnée à cause des tirs, de la fumée qui étaient montée du village. Elle se sentit un peu mieux, cessa de craindre pour lui, en fut comme rassurée, même sur son propre sort.

Passé Lans, le convoi mit presque deux heures pour atteindre la grande ville car il s'arrêtait de temps en temps, sans doute pour que les camions de tête puissent sécuriser la route. Blanche avait toujours très froid. Elle s'efforçait de repousser la peur qu'elle sentait tapie au fond d'elle, de se persuader qu'elle serait de retour à l'école avant la nuit. Elle pensa aussi à son père et à sa mère, à ce jour où, depuis Saint-Nizier-du-Moucherotte, ils lui avaient montré Grenoble, en bas, pour la première fois. Elle devait avoir cinq ou six ans. Et elle avait été éblouie, comme ce matin

– on était en réalité en milieu d'après-midi, mais elle avait perdu la notion du temps – en apercevant les gens qui se hâtaient dans les rues, les éclats de lumière dans les vitrines des magasins, l'impression de paix heureuse qui se dégageait de la grande ville.

Le camion s'était arrêté dans une cour pavée, entre des bâtiments vétustes en forme de U. Les soldats avaient sauté d'un même élan, puis ils avaient aidé Blanche à descendre. Ses jambes ankylosées, n'avaient pu la porter. C'est alors qu'ils lui avaient donné des coups de pied, des coups de crosse et que, subitement, elle avait compris qu'elle était entrée dans un autre monde, celui de la violence et de la douleur. Quelque chose d'essentiel s'était aussitôt fermé en elle, sans doute une fibre vitale, comme pour la protéger de ce monde-là, pour elle déjà insupportable.

Dans la cellule de la Kommandantur où elle fut jetée, une seule pensée éclaira son esprit : demeurer vivante pour Julien. Oublier tout le reste, ne penser qu'à lui.

C'est à quoi elle s'efforça, lors du premier interrogatoire qu'elle subit, à la nuit tombée, devant un officier aussi froid que celui du matin, lequel regretta :

– Vous ne voulez pas parler, soit ! La Wehrmacht ne torture pas. Je vais vous confier à ceux dont c'est la fonction.

– Je ne sais rien, je portais une lettre, c'est tout.

– Une lettre donnée par qui ?

Elle ne pouvait pas répondre car elle aimait beaucoup le maire qui l'avait tant aidée, et elle craignait aussi de mettre Julien en danger. Elle ne répondrait jamais, elle le savait déjà – comme elle savait à présent que ce qu'elle avait vécu n'était rien à côté de ce qui l'attendait.

Elle le vérifia dès le lendemain, après un transfert dans une prison de femmes, dont la plupart, dans sa cellule, avaient été torturées. Trois d'entre elles étaient couvertes de sang. Blanche n'attendit pas longtemps pour affronter l'ultime épreuve, à laquelle elle s'était efforcée de se préparer : le soir même elle fut emmenée dans une pièce sombre où se trouvait une baignoire. Ses compagnes lui avaient expliqué ce qu'il fallait faire : fermer les yeux et boire le plus possible. Si l'on y parvenait, l'évanouissement survenait plus vite et les bourreaux finissaient par se lasser. Mais il y eut le reste, aussi, la nudité, les sévices, tout ce qui ne peut se vivre sans s'absenter de soi, du monde, de tous les siens.

Le cauchemar dura huit jours, puis s'arrêta aussi brusquement qu'il avait commencé. Blanche eut un fol espoir le jour où, dans un couloir inconnu, elle attendit vainement une entrevue avec un officier. Elle crut alors qu'on allait la libérer. Mais non : aucune porte ne s'ouvrit. Deux soldats surgirent et la conduisirent dans une cour où arriva un camion dans lequel on la fit monter avec brutalité. Il y avait là une vingtaine de femmes terrorisées, car elles étaient persuadées qu'on allait les fusiller. Le camion roula un moment sans sortir de la ville et s'arrêta devant la gare de marchandises. Blanche et ses compagnes furent dirigées vers un wagon où les rejoignirent une trentaine d'autres. Beaucoup portaient une étoile jaune sur leur poitrine. Deux soldats allemands et deux gendarmes français les surveillaient. Quand le train s'ébranla, en écoutant les chuchotements des unes et des autres, Blanche comprit que le convoi roulait vers Paris.

Au fur et à mesure qu'il s'éloignait des montagnes, le désespoir la submergeait, car elle prenait conscience que chaque kilomètre parcouru creusait la distance entre elle et Julien. Elle souffrait davantage de cette idée-là que de ce qu'elle avait subi depuis huit jours. Elle se disait qu'elle avait été folle de refuser quand il lui avait proposé de rester près d'elle. Ce fut si douloureux qu'elle fut tentée de sauter du train, mais les soldats gardaient les portes. Elle, qui n'avait jamais été plus loin que Valence, découvrait par la fenêtre des paysages inconnus, des vallons, des plaines et des rivières qui prouvaient que la distance se creusait entre elle et le Vercors.

Epuisée, elle s'endormit, se réveilla au moment où le train entrait dans une ville. Elle avait posé sa tête contre l'épaule de sa voisine, une jeune femme qui portait l'étoile jaune.

– Tu n'es pas juive ? demanda celle-ci.

– Non, répondit Blanche.

– Qu'est-ce que tu fais ici ?

– Je portais une lettre : ils m'ont arrêtée.

Elle s'aperçut que sa voisine avait du mal à la croire et ajouta :

– Ils ont tué tous les hommes et brûlé le village.

Elle lut une certaine admiration dans le regard de sa voisine qui murmura :

– Je comprends.

– Ils nous emmènent à Paris pour nous tuer ? demanda Blanche.

– Non. Sans doute pas. Ils nous auraient aussi bien fusillées à Grenoble.

– Alors ? Que vont-ils faire de nous ?

– On le saura bientôt. Il n'y a rien d'autre à faire qu'à attendre.

Le trajet parut interminable à Blanche qui se réfugiait dans un demi-sommeil pour éviter de penser. Mais, de temps en temps, la réalité ressurgissait brutalement et la foudroyait de regrets et de douleur. Leurs gardiens ne leur donnèrent

144

ni à boire ni à manger. Parti le matin, le train n'arriva à Paris qu'à six heures du soir. Là, poussées sans ménagement vers la cour de la gare, les prisonnières durent monter dans des autobus sur lesquels figuraient les lettres TCRP[1]. Ceux-ci prirent la direction de la banlieue nord de Paris pour un camp de regroupement qui se trouvait à Drancy. C'est à peine si Blanche levait les yeux vers les hauts immeubles de la grande ville où elle se sentait perdue, tandis que les autobus avançaient lentement, presque au pas, longeant des trottoirs où les passants ne leur prêtaient aucune attention.

---

1. La RATP de l'époque.

Une fois parvenues à destination, les prisonnières reçurent pour tout repas un morceau de pain, puis elles furent dirigées vers des dortoirs où avaient été disposées des paillasses qui se touchaient toutes. Blanche s'allongea au côté de Léna, la jeune fille qui avait voyagé près d'elle dans le train. Epuisée par le périple, elle plongea aussitôt dans un sommeil si profond qu'aucun mauvais rêve ne vint le troubler.

Le lendemain, dès son réveil, pour ne pas sombrer, elle se réfugia par la pensée dans les bras de Julien. Il n'était plus temps de regretter quoi que ce fût, il était temps, maintenant, de se battre pour survivre. Mais le pire, pour elle, fut d'apprendre dès ce matin-là qu'on allait les déporter vers l'Allemagne dans un camp de travail. Sa compagne de train l'aida à garder espoir, malgré tout.

– Ils ont besoin de nous. Et tant qu'ils auront besoin de nous, nous ne risquons rien.

les corvées chores faire les pluches
peal the vegetables

Blanche se rassura en se disant que Julien
avait dû apprendre qu'elle n'avait pas été fusillée : il y avait des témoins, derrière les vitres, à
Saint-Julien. Elle n'avait qu'une seule chose à
faire : lutter pour rester vivante et le retrouver
un jour. C'était aussi l'espoir de Léna qui, elle,
comptait bien retrouver ses parents en Allemagne : ils avaient été arrêtés six mois auparavant
lors d'une rafle.

Blanche tenta de s'habituer en aidant aux corvées de pluches, au nettoiement des dortoirs, en
réconfortant celles dont les blessures étaient les
plus graves. Elle compta les jours jusqu'à ce
maudit jeudi où, bien avant l'aube, les prisonnières durent monter de nouveau dans les mêmes
autobus qu'à leur arrivée, et furent conduites à
la gare de Bobigny. Il y avait tellement de monde
dans chaque autobus qu'on roulait très lentement
et que la plate-forme arrière touchait presque le
sol. On avait du mal à respirer. Mais cela n'était
rien en comparaison de ce qui les attendait à
Bobigny : là, des Allemands en armes les firent
s'entasser dans des wagons à bestiaux, refermèrent la porte avec violence et elles se retrouvè-
rent dans l'obscurité, seulement éclairées par
une petite lucarne grillagée. Blanche comprit
alors qu'elle avait quitté le monde normal, celui
du bonheur quotidien, des enfants, de l'école,
que sa vie ne serait plus jamais ce qu'elle avait

s'entasser - to heap, pile up
maudir - to damn
maudit (adj) cursed.

147

été. Mais dans sa tête brillait toujours l'image d'un homme qui avait besoin d'elle.

Mon Dieu, comme c'était difficile d'écrire tout cela ! Pourquoi s'imposait-elle cette épreuve ? Parce qu'elle s'était toujours refusée à revenir en pensée vers le malheur ? Parce qu'elle avait senti que sa survie était au prix de l'oubli ? Alors pourquoi aujourd'hui, si tard dans sa vie ? Peut-être pour retrouver la force qui, malgré tout, vibrait en elle. Plus sûrement parce que, au bout de ce chemin jamais remonté, subsistaient les traces des pas de Julien. Elle le savait. Elle en était sûre. Elle était venue les chercher ici, parce que c'était ici qu'elles s'étaient arrêtées.

25

Blanche n'avait pas écrit depuis huit jours. Après le froid, en effet, elle avait eu besoin de la chaleur de la vie. Elle avait lu et relu le carnet de poèmes de Julien, de nouveau fait l'école à des élèves invisibles et elle avait changé d'année, comme tous les vivants : on était désormais en janvier 1991. Elle aurait soixante-douze ans le 14 juin prochain. Evelyne avait téléphoné pour le premier de l'an et regretté, une fois de plus, que Blanche vive si loin d'elle. Edmond était parti chez son fils passer les fêtes. Il neigeait ce matin, et pourtant, elle devait aller faire des courses : elle n'avait plus de pain, plus de jambon, plus de pâtes.

Dix heures. Elle avait espéré une éclaircie, mais le temps ne se levait pas. Elle devait se décider, sans quoi elle n'aurait rien à manger. Elle s'habilla chaudement, prit son cabas, sortit, referma la porte derrière elle, se retourna, saisit la rampe de l'escalier, commença à descendre

le cabas - shopping bag/basket

les marches sur lesquelles la neige s'était accu-
mulée. Malgré ses après-ski, parvenue au
milieu, son pied gauche glissa et elle partit
sur les reins, battant vainement l'air avec ses
bras. La douleur la laissa proche de l'évanouissement. Elle était couchée dans la neige, sur le
côté, souffrant atrocement du dos et du pied
gauche, incapable de bouger, sauf les bras. Elle
posa la tête sur son cabas, espérant que la
douleur reflue. Si celle des reins se résorba,
celle de son pied gauche, au contraire, aug-
menta. Que faire ? Elle attendit un peu pour
reprendre des forces, espérant que la douleur
allait disparaître, mais en vain. Blanche tenta
de se mettre debout, n'y parvint pas. Si seulement elle avait eu une canne, ou un bâton, elle
aurait pu, peut-être, atteindre la route où, sans
doute, quelqu'un passerait. Ici, dans cette cour,
au bas de l'escalier, personne ne l'apercevrait
ni ne l'entendrait.

Sans lâcher son cabas, elle essaya de ramper
sur le côté droit, y parvint grâce à la neige, mais
se fatigua vite. Elle se reposa quelques minutes
avant de recommencer, toujours aussi lentement,
toujours aussi douloureusement. Elle sentit ses
forces l'abandonner, mais elle savait ce que
c'était que lutter. Au bout d'une demi-heure, elle
atteignit enfin la route, épuisée, et décida
d'attendre là. De toute façon, elle ne pouvait rien

se résorber to be reduced
to disappear

faire d'autre. Quelqu'un passerait, c'était sûr, il suffisait d'être patiente. Elle reposa la tête sur son cabas, ne tarda pas à sentir le froid s'installer peu à peu en elle, et elle le connaissait bien, ce froid. C'était celui de la mort proche, de l'effroi, de la douleur. Le même, exactement, que celui du jour où s'étaient ouvertes les portes du wagon, quand elle avait dû sauter dans la neige de Pologne, après trois jours et trois nuits d'un voyage effectué dans des conditions épouvantables. En sautant, ce matin-là, elle s'était fait mal à la même cheville, toujours fragile depuis, et elle était restée un instant couchée, le temps qu'une main l'aide à se relever, qu'une voix lui souffle :

– Il faut marcher, sinon tu vas mourir.

La douleur s'était atténuée, tandis qu'elle avançait dans un vacarme de portes métalliques qui claquaient, de cris, d'aboiements, d'ordres hurlés dans une langue inconnue. Au bout du quai, des camions attendaient ceux qui ne pouvaient pas marcher. Blanche avait fait deux pas vers eux, quand la même voix avait murmuré :

– Non ! Pas les camions.

Elle avait continué, sans même songer à se retourner. Longtemps après, en y repensant, elle en avait déduit que ce devait être la voix de l'une des prisonnières en costume rayé qui était char-

151

gée de traduire les ordres des Allemands. Et cette voix, elle l'avait entendue longtemps, bien des années plus tard, car elle lui avait sauvé la vie pour la première fois, là-bas, sur le chemin de Birkenau.

Elle avait peut-être parcouru deux kilomètres dans la neige et le froid avant d'arriver en vue du portail sur lequel figurait l'ignoble inscription « ARBEIT MACHT FREI », en compagnie d'une soixantaine de femmes qui avaient dû abandonner tout ce qu'elles possédaient sur le quai. Blanche, elle, ne possédait rien à part ses vêtements. Elle était entrée dans un « secrétariat » où elle avait dû remplir une fiche et elle n'avait pas écrit « maîtresse d'école » dans la rubrique profession. Une intuition, ou plutôt, déjà, une certitude : il n'y avait pas de place ici, pour une maîtresse d'école. Elle avait écrit « couturière », sans doute à cause du froid, des vêtements qui devaient manquer, d'une nécessité qu'elle soupçonnait. Ensuite, elle avait deviné que, contrairement à ce qu'elle et ses compagnes avaient cru, elles n'avaient pas vécu le pire dans les wagons. En se rendant vers une immense buanderie, baptisée la « sauna », elle avait croisé le regard étrange de visages très maigres coiffés de fichus derrière la fenêtre d'un baraquement : elle avait compris que ces regards

152

avaient quitté la vie, ne la voyaient pas. Ils étaient morts.

Et puis les *nackt !* avaient claqué dans la voix des SS qui attendaient les prisonnières en compagnie des kapos. Elles avaient mis longtemps à comprendre, ces femmes arrivées en enfer, mais qui vivaient normalement quelques semaines auparavant. Nues ! C'est ce qu'ils voulaient, pour en faire des ombres soumises et humiliées à tout jamais. Et puis le froid, toujours le froid, à cause des vêtements quittés, perdus, emportés on ne savait où.

Enfin, on leur avait jeté des robes et des vestes trop fines pour les protéger du froid, des chaussures qu'elles avaient dû se répartir le mieux possible, puis elles avaient été conduites dans le block de quarantaine où il leur avait été servi une soupe liquide, sans légumes, à peine chaude, que Blanche n'avait pu avaler. C'était trop dur, trop cruel, vraiment, cette épreuve dans sa vie. Heureusement, à la nuit, des prisonnières françaises s'étaient glissées dans le baraquement pour demander des nouvelles à celles qui venaient d'arriver de France, leur donner aussi des consignes pour survivre, les inciter au courage. Blanche, à bout de forces, s'était endormie d'un coup, sans même penser à Julien.

Ce fut pourtant lui qui surgit dans sa mémoire, le lendemain matin, dès son réveil. Et avec lui des larmes pour le savoir si loin, peut-être perdu définitivement. Heureusement il y avait près d'elle, dans le *koya* – ces cadres de bois et de ciment à trois niveaux – des femmes qui, les premiers jours, l'aidèrent à passer le cap, en l'obligeant à manger. Et notamment Armande, qui était originaire de Grenoble et avait été arrêtée, comme Blanche, pour fait de résistance et portait comme elle le triangle rouge des politiques à côté de son numéro matricule. Armande avait un mari et une fille là-bas, s'était juré de demeurer en vie, de revenir. Ce fut elle qui persuada Blanche de se nourrir, d'entreprendre le combat de la survie. Et cela malgré l'insoupçonnable, l'indicible, l'inavouable murmuré par les visiteuses du soir : celles qui étaient montées dans les camions au lieu de partir à pied avaient été gazées puis brûlées dans le four crématoire dont la fumée dégageait une odeur que Blanche ne devait jamais oublier. Comment croire une chose pareille ? Comment l'accepter sans devenir folle ?

Blanche s'était mise en « état de veille » : respirer, parler, agir juste ce qu'il fallait pour rester en vie, mais sans donner trop de prise au monde extérieur. Elle mangea – elle but plutôt, car la soupe était claire – juste ce qu'il fallait pour ne pas succomber à la dysenterie ou au typhus qui condamnaient les prisonnières d'abord à l'infirmerie, puis à l'élimination systématique. Le plus pénible était les appels du matin et du soir, dans le froid et la neige. Le reste du temps, les prisonnières restaient consignées dans le bâtiment de quarantaine, d'où elles ne sortaient que pour se rendre aux latrines collectives – une épreuve de plus, sans la moindre intimité, dans une puanteur atroce que Blanche, « entrée en elle-même », parvint à oublier, une fois les premiers jours passés. Tout comme celle des fours, qui, pourtant, avait fait fuir tous les oiseaux, augmentant la sensation d'absence de vie, de proximité de la mort dans l'immensité désolée de ce camp.

Heureusement, dans le baraquement de quarantaine, les prisonnières pouvaient parler. Chacune racontait les conditions de son arrestation, les circonstances dramatiques qui les avaient amenées là. Pendant les quatre semaines que dura la quarantaine, Blanche mesura à quel point les prisonnières juives, qui avaient déjà perdu une grande partie de leur famille, faisaient preuve de courage. Elle, au contraire, était seule à être en péril. Julien n'avait pas été arrêté, du moins elle l'espérait. Cette pensée l'aidait beaucoup, la poussait à mobiliser les forces nécessaires pour continuer de vivre quand tout, autour d'elle, l'incitait au renoncement.

Le plus difficile à supporter était le froid, car

le poêle garni de <u>sciure</u> ne servait à rien, ou presque. Les femmes se serraient les unes contre les autres, la nuit, et elles s'efforçaient lors des appels du matin et du soir de s'aligner le plus vite possible afin de favoriser les comptes des kapos, jusqu'à ce que retentisse le fameux *Stimmt* qui les libérait, les renvoyait vers leur baraque à l'abri du vent. Ce dont Blanche aussi souffrait beaucoup, c'était de ne pouvoir se laver comme elle y était habituée, et cela depuis l'Ecole normale où l'hygiène avait été érigée en principe d'éducation. Les prisonnières étaient trop nombreuses pour les lavabos. Aussi Blanche s'y rendait-elle la nuit, malgré les risques, avec Armande et quelques autres, pour une rapide toilette à l'eau froide qui lui faisait beaucoup de bien. C'est ce qui sans doute les sauva lors de l'ultime visite à la fin de la quarantaine, où disparurent toutes celles qui avaient des *krätze*, ces boutons dont les Allemands avaient horreur.

En quatre semaines, les prisonnières avaient eu le temps de comprendre que l'essentiel, en ces lieux terrifiants, était d'apparaître constamment en bonne santé, afin de pouvoir travailler dans les kommandos. Blanche, comme elles, avait appris à se pincer les joues, à se frapper les bras et les jambes pour les faire rougir. Passé le désespoir des premiers jours, elle s'était durcie, avait appris à ne laisser vivre dans son esprit

156

que l'image de Julien et du village, à oublier tout le reste, dont l'inhumanité passait le sens, poussait à se laisser tomber dans la neige, à attendre la balle qui délivrerait de tant de souffrance.

26

Le froid, dans lequel Blanche s'enfonçait, la maintenait prisonnière de souvenirs qu'elle avait toujours fuis. Elle les avait refusés de toutes ses forces, avait appris à les déjouer, à ne pas les laisser la submerger. Il le fallait, pour continuer après ce qu'elle avait vécu. Car elle avait espéré, comme ses compagnes de malheur, que le fait de travailler, après la quarantaine, occuperait suffisamment son esprit pour atténuer sa souffrance. Ce fut vrai au début, quand Blanche fut affectée au kommando de tri des chaussures et des vêtements, mais elle n'y resta pas longtemps. Assez, cependant, pour atteindre les beaux jours et ne pas mourir de froid dans les kommandos qui travaillaient au-dehors, dans les rafales de vent glacé.

Armande avait pris la tête d'une organisation de résistance qui soutenait les femmes du block dans lequel Blanche se trouvait. Son action aurait pu paraître dérisoire si elle n'avait contribué à rendre aux prisonnières un peu de leur dignité perdue : leur procurer des cuillères pour manger au lieu de laper la soupe comme des animaux ; rendre possible et sûr un tour de rôle aux lavabos après le couvre-feu ; aider celles qui étaient souffrantes au lieu de les laisser partir vers l'infirmerie d'où elles ne reviendraient jamais, mais aussi faire circuler les nouvelles de France, comme celle du débarquement en Normandie au début du mois de juin 1944.

Armande fut impuissante, pourtant, à la fin juillet, à secourir les innombrables Tziganes qui furent gazés en une seule nuit. Mais elle avait réussi à soudoyer des kapos et à agir avec suffisamment d'efficacité pour éviter aux femmes les plus faibles les kommandos les plus durs. Et quand Blanche fut touchée par la dysenterie, en septembre, Armande réussit à la cacher, afin qu'elle reste couchée au block pendant cinq jours et cinq nuits, à la soutenir lors des appels du matin et du soir jusqu'au *stimmt* libérateur. Chaque matin, au réveil, elle disait à Blanche :

– Ton Julien ! Pense à lui ! Il t'attend, il a besoin de toi. N'oublie pas.

– Je n'oublie pas, répondait Blanche.

Et pourtant, au fil des jours, le monde d'avant, celui de la vie, du bonheur, malgré ses efforts, s'éloignait d'elle. Les prisonnières assistaient parfois à des pendaisons de femmes qui avaient tenté de s'enfuir ou qui avaient volé des pommes de terre, et cela pour l'exemple. Mais aussi à des exécutions sommaires dans la cour, une balle dans la nuque sans que l'on en devine les raisons. On entendait des gémissements et des cris, la nuit, et au matin flottait dans l'air l'odeur insoutenable des fours. Blanche, chaque fois, essayait de penser à la salle de classe et à l'odeur de la craie et du poêle, à toutes sortes de parfums familiers, mais, malgré ses efforts, eux aussi s'éloignaient au fond de sa mémoire. Plus les jours passaient et plus elle éprouvait de difficulté à jeter un pont entre un passé merveilleux et un présent de plus en plus atroce. Parfois, elle se disait qu'elle rêvait, qu'elle allait se réveiller de ce cauchemar ; mais non, la vie au camp demeurait la même, périlleuse, le plus souvent horrible, insoutenable.

Grâce à Armande, grâce à d'autres aussi, dont elle s'était longtemps rappelé les prénoms, mais avait oublié les visages, Blanche tenait debout, survivait. Julien, l'école, les enfants, le maire constituaient encore des idées de recours dans les moments les plus désespérés, mais pour combien de temps ? Armande avait réussi à la faire affecter à la fabrique d'armement qu'était l'Union Werke. Là, les bâtiments étaient chauffés, les prisonnières travaillaient assises et disposaient de toilettes normales. Elles devaient glisser des ressorts dans des tubes qui, plus tard, seraient assemblés à des grenades. Blanche en souffrait car elle imaginait qu'une de ces grenades pouvait un jour tuer Julien. Elle travaillait lentement, très lentement, et avait subi des remontrances de la part du contremaître, lequel avait menacé de la renvoyer d'où elle venait. Elle n'était pas la seule à agir ainsi. De sorte qu'à la mi-décembre vingt femmes furent accusées de sabotage et envoyées dans le pire des kommandos : celui qui procédait à la pose des rails pour que les trains puissent entrer jusque dans le camp. L'acier était si froid qu'il provoquait sur les mains nues des travailleuses des plaies qui ne cicatrisaient pas. La plupart finissaient à l'infirmerie puis, déclarées inaptes au travail lors d'une visite, à la chambre à gaz.

Blanche avait pris froid car l'hiver était précoce à Birkenau. Elle toussait, avait de la fièvre. Le matin du départ pour ce chantier mortel, alors que la kapo venait la chercher, Armande s'interposa et prit tout simplement la place de Blanche, laquelle n'eut pas la force de refuser, mais celle, heureusement, de se traîner jusqu'au hangar où Armande, la veille, triait les pommes de terre.

Dans cet enfer, une femme, un être humain, lui avait pour la deuxième fois sauvé la vie. La nuit, Blanche prenait les mains d'Armande et les réchauffait dans les siennes. Celle-ci résistait de

trier -to sort out

toutes ses forces, mais le froid de décembre, peu à peu, l'affaiblissait, même si toutes celles qu'elle avait aidées l'entouraient de leur mieux, lui donnant un peu de leur soupe, un morceau de pain ou de margarine. Heureusement, vers la mi-décembre, une femme du block réussit à se procurer des gants et les remit à Armande. Celle-ci survécut à l'épreuve des rails, d'autant que les nouvelles qui arrivaient de France étaient de plus en plus encourageantes : le bruit courait que le pays avait été entièrement libéré.

Pourtant, la surprise fut totale, quand, le 18 janvier 1945, en rentrant du kommando, les prisonnières apprirent des kapos qu'un ordre d'évacuation avait été donné : on partait dès le soir. Vers où ? Nul ne le savait, même pas les Allemands, semblait-il. Armande demeura sceptique jusqu'au dernier moment, persuadée que l'information était fausse, qu'ils allaient faire sauter le camp et supprimer les prisonniers. Mais non : vers onze heures du soir le convoi s'ébranla dans un froid glacial, surveillé non plus par les kapos qui avaient disparu, mais par des SS. Les prisonnières reçurent même l'autorisation d'emporter des couvertures. Elles crurent à plusieurs reprises qu'elles allaient être fusillées et, cependant, elles étaient toujours en vie quand le jour pointa au-dessus de la forêt. Blanche marchait du côté droit de la route, près de Simone :

celle qui avait procuré des gants à Armande. Simone était malade. Blanche l'aidait en la soutenant par un bras, Armande la tenait du côté gauche. Impossible de ralentir l'allure : les SS frappaient celles qui ne suivaient pas le rythme qu'ils imprimaient. Les prisonnières qui, épuisées, tombaient, étaient abattues d'une rafale. Simone tomba trois fois, et trois fois Armande et Blanche réussirent à la relever sans que le SS le plus proche s'en aperçoive. Mais la quatrième fois, une brèche trop importante dans le convoi attira l'attention. Deux SS surgirent, bousculèrent Blanche et Armande, donnèrent des coups de pied à la pauvre femme qui ne pouvait pas se relever. Quand ils brandirent leurs armes, Armande se précipita une dernière fois pour la sauver et elle fut prise dans la rafale destinée à Simone. Blanche cria, sentit des mains qui la tiraient en arrière, puis son esprit décrocha complètement de la réalité et elle se remit à marcher, comme une automate.

Elle reprit conscience une nuit, dans une grange, en buvant de la neige qu'une de ses compagnes lui avait glissée entre les lèvres. Elle cherchait Armande près d'elle, s'étonnait de ne plus la voir. Ses compagnes crurent qu'elle avait perdu la raison. Mais la solidarité joua une fois de plus, et les SS ne se rendirent compte de rien. Au bout de trois jours et de trois nuits de marche, les survivantes montèrent dans un wagon qui les emmena vers Ravensbrück, en Allemagne, un camp surpeuplé, complètement désorganisé, ce qui leur valut d'être acheminées à Neustadt où Blanche fut victime du typhus. Là, heureusement, il n'y avait plus de sélection, et l'infirmerie, quoique surpeuplée, ne constituait pas une étape vers la chambre à gaz. Blanche délirait et, malgré la fièvre, elle avait très froid. Elle sentait pourtant qu'on s'occupait d'elle, qu'une main chaude faisait descendre dans sa bouche un liquide au goût de pomme de terre, si agréable qu'il lui tirait des larmes des yeux. Elle n'avait aucune notion du temps qui passait, il lui semblait être étendue dans la neige, elle grelottait malgré la fièvre, et seul, parfois, le visage lointain de Julien la reliait encore à la vie.

27

Elle ouvrit les yeux, comprit qu'elle n'était pas morte en apercevant une femme en blouse blanche penchée sur elle.

– Ne vous agitez pas, tout va bien, dit une voix dont la douceur bouleversa Blanche.

Elle s'affola, ne sachant plus où elle se trouvait soudain, se croyant revenue dans le camp, mais les odeurs n'étaient pas les mêmes, les voix parlaient français, et la sensation de danger ne lui paraissait pas imminente. Il n'y avait que le froid qui était le même, ce froid qui, à chaque arrivée de l'hiver, la renvoyait irrésistiblement vers la Pologne et vers l'Allemagne.

La voix, près de son oreille, finit de la rassurer :

– On vous a trouvée au bord d'une route. Votre cheville n'est pas cassée, c'est seulement une grosse <u>foulure.</u> Vous étiez en hypothermie, mais ça va mieux maintenant. Vous avez eu de la chance.

sprain

– Où suis-je ?

– A Villard-de-Lans. Vous n'aviez aucun papier sur vous. Doit-on prévenir quelqu'un ?

Blanche hésita, demanda :

– Quel jour sommes-nous ?

– Lundi soir. Vous êtes arrivée ici vers trois heures. Faut-il prévenir quelqu'un ?

– Oui, dit Blanche.

Puis elle se ravisa et ajouta :

– Non, ce n'est pas la peine.

A quoi bon faire venir Evelyne ? Elle était forcément occupée, et elle ne serait d'aucune utilité ici. Blanche devrait entendre les mêmes reproches sur le fait d'habiter si loin, de nouveau promettre de se rapprocher, d'aller vivre à Marseille et elle ne pouvait décidément pas s'y résoudre. D'ailleurs, Edmond allait revenir et elle ne serait plus seule. Bientôt, ce serait le printemps, la neige fondrait et les beaux jours ramèneraient sur la montagne le chaud soleil de l'été.

Blanche soupira. Elle ne souffrait pas, elle se sentait bien. On avait dû lui donner un calmant. L'infirmière sortit, après un dernier sourire. Blanche avait chaud à présent. Elle éprouvait la délicieuse, l'indicible sensation d'être encore en vie après avoir failli mourir. C'était une sensation qu'elle connaissait bien depuis ce jour de mai 1945 où elle avait dormi pour la première fois depuis des mois dans des draps. Elle se trouvait en Allemagne, en zone franco-britannique où elle avait été conduite par des soldats américains. *considerate*

Cela faisait presque trois mois qu'elle se trouvait à Neustadt, quand, un matin, en s'éveillant, elle avait aperçu des soldats au pied de son lit. Ils étaient très grands, énormes, parlaient très vite. Ils lui avaient donné du chocolat, s'étaient montrés prévenants, attentifs, et elle avait ressenti l'impression d'être revenue dans le monde des gens ordinaires. Le soir même, elle couchait dans un vrai lit, elle avait chaud, n'avait plus faim, une grande paix était descendue sur elle.

Le lendemain, des complications surgirent car elle avait trop mangé. Il lui fallut huit jours pour se réhabituer à une nourriture qui consistait simplement en une soupe pas trop épaisse. Elle avait écrit à Julien, attendait une réponse qui tardait à venir. Elle n'avait plus en tête qu'un désir : partir vite, rejoindre la France, le retrouver, oublier tout ce qu'elle venait de vivre. C'était impératif, elle le savait. Oublier. Ne jamais plus songer à ce qui était inimaginable, invivable, irracontable. Reprendre cette vie qu'elle n'aurait jamais quittée sans les atrocités de la guerre.

Elle dut pourtant patienter pendant quatre semaines, le temps de recouvrer quelques forces et, en même temps, figure humaine. Elle ne pesait plus que trente-cinq kilos, mais elle était vivante, s'impatientait, imaginait le moment où elle pourrait serrer Julien dans ses bras.

Ce ne fut pas lui qui écrivit, mais le maire : il lui expliquait que Julien n'était pas encore démobilisé, et qu'il n'avait pu le prévenir. C'était seulement une question de jours. Dès lors, Blanche ne songea plus qu'à rentrer en France. Elle fut enfin transportée, avec d'autres femmes aussi faibles qu'elle, dans un train sommairement aménagé en infirmerie, mais il fallut dix jours au convoi pour gagner Paris. Là, les déportées furent réparties dans différents hôpitaux, Blanche à l'hôpital de la Salpêtrière où elle souffrit d'une pneumonie, après avoir pris froid durant le transfert en train. Elle lutta pour ne pas mourir, une fois encore, en songeant à Julien, et elle réussit à échapper à la mort. Car si son corps souffrait, son esprit, lui, demeurait fort : elle dormait dans des draps, bien au chaud, et tous les visages qui se penchaient sur elle étaient des visages secourables, souriants, qui lui donnaient parfois l'impression qu'elle avait fait un long cauchemar et que les mois passés dans le camp n'avaient pas existé.

28

Elle allait mieux, beaucoup mieux, s'apprêtait à regagner le Vercors quand le maire vint lui rendre visite, un après-midi, accompagné du médecin qui la soignait si bien. Le maire l'embrassa, puis il s'assit face à elle avec un air embarrassé. Il avait vieilli, maigri, et il jetait vers le médecin des regards qui étaient comme des appels au secours.

– Vous avez des nouvelles de Julien ? demanda-t-elle.

– Oui, répondit le maire, et elles ne sont pas très bonnes.

Blanche sentit son cœur se serrer.

– Où est-il ?

– C'est-à-dire que l'on ne sait pas trop.

– Comment ça ?

Elle cria :

– Où est-il ?

– Il est mort, ma pauvre.

Le hurlement qui sortit de la poitrine de Blanche glaça d'horreur tous les patients de la grande salle où elle était allongée. Sur un signe du médecin, deux infirmières s'approchèrent et tentèrent de la maintenir sur son lit tandis qu'elle cherchait à se lever, comme pour courir au secours de Julien. Elles réussirent à lui faire une piqûre qui tarda à faire de l'effet, tant la douleur la rendait folle. Les infirmières pleuraient, le médecin, lui, invitait le maire à s'acquitter de sa mission le plus vite possible.

– Ça s'est passé à la lisière de la forêt des Coulmes en juillet 44, reprit-il d'une voix faible. Il a été pris avec quatre ou cinq de ses compagnons dans la ferme Chabal.

– Non, fit Blanche, non, ce n'est pas possible. Pas Julien.

– Si, ma pauvre, c'est ce qui s'est passé.

Le maire, désemparé, ajouta :

– Il faut penser aux enfants qui vous attendent. On ne vous a pas remplacée, vous savez ?

Et, comme Blanche ne réagissait pas, se penchant vers elle :

– On a besoin de vous, à l'école.

– Vous entendez ? dit le médecin. Il faut penser à l'avenir, à vos élèves. Il ne faut pas se laisser aller.

– Oui, dit Blanche.

Mais il n'y avait plus en elle qu'une immense douleur. Après ces longs mois dans les camps, apprendre aujourd'hui qu'elle avait perdu Julien

170

était au-dessus de ses forces. Les calmants agissaient, heureusement. Elle se laissa glisser dans un gouffre aux parois de coton, au fond duquel subsista longtemps la sensation d'une blessure inguérissable. Elle en émergeait en criant, provoquant chez ses voisins des frissons de terreur. La douleur ne diminuait pas. Dans ses cauchemars, elle parlait à Julien, s'accrochait à lui, le suppliait de lui pardonner de n'avoir pas su le retenir le jour où il lui avait proposé de rester près d'elle. On dut l'isoler dans une chambre car elle donnait l'impression de perdre la raison. Elle allait sombrer définitivement quand, au bout de trois semaines, le médecin en chef du service eut l'idée de la mettre en présence d'une femme juive qui avait perdu toute sa famille et qui, pourtant, avait décidé de continuer à vivre.

C'était une femme extraordinaire dont le courage et la détermination étaient surprenants, après ce qu'elle avait subi. Elle s'appelait Judith. On aurait dit qu'elle était capable de soulever des montagnes. Elle avait décidé de passer son temps à l'hôpital à aider moralement toutes celles et tous ceux qui s'abîmaient dans le désespoir. Cette femme remarquable sut trouver les mots pour faire sortir Blanche de l'hébétude dans laquelle elle se perdait :

– Tu n'as pas le droit de renoncer, lui dit-elle, ce n'est plus ta vie qui est en cause, mais celle d'Armande. Elle t'a sauvée en te donnant la sienne. Tu ne vas pas la tuer une deuxième fois !

Blanche, péniblement, se remit à manger, reprit le combat un moment abandonné, réussit à se lever, d'abord quelques minutes, puis un peu plus longtemps. De longs jours passèrent, au terme desquels elle demeura fragile, mais vivante. Elle entretenait de longues conversations avec Judith, qui savait toujours trouver les mots pour l'aider. Il fut bientôt possible d'envisager une sortie définitive de l'hôpital, mais pour aller où ? Blanche se refusait à regagner Chalière et le Vercors. C'était au-dessus de ses forces. L'association qui s'occupait des déportés résistants lui proposa de se rendre dans une maison de repos, non pas en montagne mais à Palavas, au bord de la Méditerranée, où elle pourrait rester le temps qu'elle voudrait. Elle accepta. En fait, elle serait allée n'importe où, pourvu que l'endroit fût différent de la montagne où elle avait été arrêtée et où Julien avait disparu – à cause d'elle, pensait-elle toujours. Elle ne pouvait pas s'approcher de ce foyer incandescent qui la brûlait jusqu'au cœur.

Elle partit par le train, au début du mois d'octobre, pour ce petit village au bord de la mer où l'air était si doux. Rien ne lui rappelait le Vercors. Elle avait basculé du côté de la vie, elle s'appliquait à ne pas laisser se réveiller la dou-

leur, mais elle savait que son nouvel équilibre
était fragile, si fragile qu'un mot, un souvenir,
une image pouvait à tout instant la renvoyer
vers le gouffre d'où elle était remontée si difficilement.

29

Blanche avait regagné son chalet. Sa cheville était plâtrée, mais elle se déplaçait sans trop de difficulté à l'intérieur de sa maison. Edmond, rentré au village, lui faisait de nouveau ses courses, veillait sur elle. Elle n'avait pas prévenu Evelyne de son accident. Elle avait repris ses habitudes, vaquait à ses occupations domestiques et s'asseyait à son bureau pour écrire sa vie, comme si rien n'était arrivé.

Durant les quatre heures passées dans la neige à attendre, elle n'avait pas cru qu'elle allait mourir. A Birkenau non plus elle ne l'avait pas cru, ni à l'hôpital, à Paris. Ce qu'elle avait cru, pendant l'année qui avait suivi, c'est qu'elle allait devenir folle. Car malgré ses efforts pour oublier, elle pensait sans cesse à Julien, qu'elle n'avait pas su garder près d'elle, à tous ces jours d'effroi qui la hantaient, la poursuivaient, la faisaient se dresser la nuit dans son lit avec cette sensation de froid qui ne la quittait pas.

Comment une chose pareille avait-elle été possible ? Qui étaient ces hommes et ces femmes qui avaient décidé de traiter ainsi d'autres hommes et d'autres femmes ? De les nier, de les torturer, de les avilir ? C'était cette idée-là qui lui faisait le plus de mal : pourquoi lui avait-on fait vivre ça à elle, Blanche, qui jamais n'avait fait de mal à personne, n'avait jamais blessé, jamais humilié qui que ce fût ? Est-ce que tout cela n'allait pas recommencer ? A cette pensée, elle perdait la tête, se disait qu'il valait mieux se tuer tout de suite plutôt que de risquer d'avoir à revivre un jour cette folie des hommes. Alors, par réflexe, et comme elle avait très peur d'elle-même, Blanche se précipitait vers l'infirmière qui s'occupait d'elle et savait la réconforter. Cette femme douce, intelligente, finissait par l'apaiser, lui rendre sa raison.

Lors de la dernière visite du maire, à Paris, Blanche avait appris que Julien avait été brûlé dans la ferme, avec sept de ses camarades. Elle n'avait pas voulu voir ce lieu maudit. C'était au-dessus de ses forces. Elle était partie, elle avait tout quitté, s'était réfugiée dans ce petit village du bord de mer, avait tenté d'accepter le sort qui lui était fait, d'oublier l'odeur atroce des fours, la mort d'Armande, de toutes celles qui

175

avaient partagé sa vie, là-bas, de l'autre côté du monde, du côté de la face hideuse de la vie.

Une face qu'elle n'avait jamais soupçonnée, n'ayant vécu que dans l'acquisition et dans la transmission du savoir, dans des lieux protégés, parmi des êtres incapables de cruauté. Ce qui s'était passé à Birkenau, elle ne parvenait pas à se l'expliquer. Au reste, elle ne pouvait le raconter de façon précise à personne, pas même à cette infirmière prénommée Odile qui se montrait si proche, si prévenante, car elle avait la conviction qu'elle ne la croirait pas. Alors Blanche se taisait, tentait mentalement de construire un mur autour des semaines et des mois qu'elle avait vécus à Birkenau.

Il lui avait fallu quarante-cinq ans pour trouver la force de franchir ce mur. Revenir par la mémoire dans ces lieux maudits, dévastateurs pour le corps et l'esprit. Etait-ce le signe qu'elle arrivait au terme de sa vie ? Elle ne le savait pas. Ce qu'elle savait aujourd'hui, en se souvenant, c'est que l'image de Julien venant vers elle pour apprendre à lire, son courage et sa force l'avaient aidée à survivre quand la douleur et la folie, à Palavas, la submergeaient. Mais aussi le souvenir d'Armande prenant sa place dans le kommando de la mort. Armande qui lui avait donné sa vie, en quelque sorte, comme avait dit Judith. Blanche en était désormais la gardienne, elle n'avait pas le droit de l'oublier.

La souffrance ne disparut pas pour autant. Blanche s'efforça seulement de fermer les portes de l'enceinte qui, parfois, s'ouvraient brutalement sous un mot, un regard, un lieu découvert. Elle apprit à refouler cette sensation de devoir se tuer pour ne pas revivre un jour ce qu'elle avait vécu. Cette débauche d'énergie mentale l'épuisa. Elle tomba malade pendant l'hiver, mais les beaux jours lui restituèrent un peu de ses forces. Le temps faisait son œuvre. Les blessures cicatrisaient lentement. La mémoire d'Armande l'inclinait malgré elle vers la vie, il fallait continuer le moins douloureusement possible.

En mai, elle reçut la visite d'un représentant de l'inspecteur d'académie de la Drôme. Cet homme affable, compréhensif, lui demanda ce qu'elle souhaitait. Désirait-elle une année de plus de repos ou voulait-elle retravailler dès la rentrée suivante ? Blanche avait compris que seuls, les enfants, avec leur innocence, la force de leur jeunesse, pouvaient l'aider.

– Nous vous donnerons un poste où vous le souhaitez, dit l'homme qui avait des yeux clairs, portait de très fines lunettes et parlait d'une voix chaleureuse.

– Pas en Vercors, dit-elle. Le plus loin possible.

– A Valence ?

Elle pensa à Grenoble, à ce qu'elle avait subi dans cette grande ville.

– Non, c'est trop grand.

– Un village ?

Elle eut peur de retrouver les mêmes sensations qu'à Chalière et ajouta :

– Un peu plus grand, si vous pouvez.

– Nyons, dit l'homme. C'est à l'extrémité du département, dans la Drôme provençale. Un gros bourg, ou plutôt une petite ville très belle, très protégée.

– Ce sera bien, dit Blanche.

– Il y a eu un départ à la retraite. Si vous le souhaitez, vous pourrez vous installer dès le mois de juillet.

– C'est entendu.

Elle était pressée, maintenant, de quitter Palavas où elle avait trop souffert. Il fallait changer de lieu et en même temps changer de vie. Le temps lui parut long jusqu'à l'été. Elle sentait qu'elle devait bouger vite, très vite, et retrouver le chemin de la vie sous peine d'en demeurer séparée définitivement.

Comme elle ne possédait presque rien à Chalière, le déménagement fut facile. Il ne lui restait de Julien qu'un carnet de poèmes, quelques lettres écrites quand il se trouvait dans les Alpes, et c'était tout. Pas de meubles, les seuls qu'ils possédaient leur ayant été prêtés par le maire de Chalière. Le 10 juillet 1946, elle arriva à Nyons où elle allait passer plus de trente ans de sa vie.

30

Ce matin de février, alors que la brume campait sur la montagne, Blanche s'était installée pour relire les lettres de Julien. Elle en possédait six. Dont une, écrite à la Noël de l'année 1940, l'avait toujours bouleversée plus que les autres :

Ma chère Blanche

C'est grâce à toi que je puis écrire ces mots qui nous rapprochent. Dans cette nuit de Noël, je voudrais que tu saches combien, malgré la distance, je me sens proche de toi. Aussi te remercier pour ce que tu as fait de moi. Je n'étais rien et tu ne m'as pas rejeté. Tu m'as ouvert ta porte et tu m'as appris ce qu'il faut savoir pour trouver une dignité d'homme. Tu n'en as jamais attendu aucun remerciement, mais il faut que tu saches que chaque matin en m'éveillant et chaque soir avant de m'endormir, je mesure la chance que j'ai eue de te rencontrer. Tous ces mots que tu m'as appris, je te les renvoie par-delà la guerre, sachant qu'ils sont les pierres d'une maison indestructible que nous habitons pour toujours. La guerre n'y pourra rien. Je sens bien cette nuit que nous sommes plus grands qu'elle, que rien, jamais, ne nous séparera. Je n'ai pas peur. Je sais que viendront des jours où nous respirerons côte à côte, des nuits où nous dormirons l'un près de l'autre. Je les attends avec confiance. Toutes mes pensées vont vers toi, ma chère Blanche, tournées vers ces années que nous allons vivre ensemble. Il ne se passera pas un jour sans que je sois comblé à seulement savoir que tu es là, près de moi, à te voir vivre, bouger, poser sur moi tes yeux dans lesquels j'ai découvert, dès le premier jour, l'immensité qui est en toi,

Julien.

Elle avait présumé de ses forces. Cette confiance, cet espoir l'ébranlaient au plus profond d'elle-même chaque fois qu'elle s'en approchait. Elle repoussa précipitamment les lettres dans le tiroir du bureau, posa un livre dessus, referma le tiroir. Il lui était impossible de prendre ce chemin-là, il demeurait trop dangereux. Elle se leva, s'approcha de la fenêtre, s'efforça de penser au printemps, aux roses qui allaient refleurir, au soleil, aux sentiers de la forêt et, surtout, à l'école où elle pourrait retrouver ce qui lui manquait tant. Le besoin d'y aller sur l'instant la saisit. Ce serait tellement bon de s'asseoir à la table même où Julien lui faisait face. Elle était persuadée qu'en fermant les yeux elle le reverrait comme à cette époque-là. Elle hésita puis renonça, songeant à sa chute dans l'escalier, au danger qu'elle avait couru, couchée dans la neige sans secours.

Non, aujourd'hui, il fallait essayer de penser à la vie, au courage, et non à ce qui n'existait plus. A Nyons, par exemple, puisque c'était là qu'elle avait trouvé les forces pour recommencer. Se souvenir du jour où elle y était arrivée, par grand soleil : une petite ville rose dans un nid au creux d'une vallée, bien à l'abri. Partout des oliviers, des vergers, des cyprès, des toits de tuiles romaines, des murs ocre ou roses, des volets bleus ou verts. Un petit paradis.

L'école se trouvait au bord de la route qui montait vers les collines, du côté droit de la place de la mairie. C'était un bâtiment de deux étages le long d'une cour plantée de platanes, d'où Blanche apercevait la vieille ville et l'église Notre-Dame-du-Bon-Secours. Elle emménagea dans un appartement bien plus confortable qu'à Chalière, où, dès le premier jour, elle se sentit bien. Comme protégée, en quelque sorte, à la fois par la statue qui veillait sur la ville, mais aussi par les montagnes des alentours : des montagnes aux lignes douces, bien moins élevées qu'en Vercors, qui interdisaient aux vents l'accès de la plaine et procuraient à la petite ville blottie au creux de ses bras une douceur secourable. La vie était possible, là, Blanche en fut persuadée dès son arrivée.

La directrice occupait l'appartement voisin : elle s'appelait Adrienne F., était âgée d'une cinquantaine d'années. Blanche se lia tout de suite d'amitié avec elle, sans toutefois se confier plus que nécessaire sur son passé. Il était évident que la directrice était au courant de ce que Blanche avait vécu, mais elle ne chercha pas à l'interroger à ce sujet. Elle l'aida à s'installer, lui expliqua la ville, la région, les parents, les enfants dont elle aurait à s'occuper à la rentrée : ceux du cours préparatoire. Elle lui annonça qu'elle attendait l'arrivée d'une deuxième recrue pour s'occuper de la classe du certificat d'études.

Blanche découvrit peu à peu son nouvel univers, s'émerveilla des éclairs d'argent des oliviers, du vert sombre des cyprès, de l'opulence des vergers. Qu'elle était loin de la haute montagne ! L'été l'accompagnait pendant ses promenades le long de l'Eygues où, à partir du pont romain, elle pouvait suivre la rivière vers la basse vallée, ou bien sur les pentes des collines de la montagne de Vaux, dont elle faisait connaissance prudemment, cherchant les fleurs sauvages qui égayeraient son nouveau logis. De l'autre côté de la vieille ville aux ruelles étroites, la ville neuve descendait en pente douce vers une fontaine et une place ombragée qui s'inclinait jusqu'à la rivière. La place ronde était bordée de commerces et de terrasses de café où les gens s'attablaient jusque tard dans la nuit. De là partaient les routes d'Orange et de Montélimar, à travers des vergers lourds de fruits.

Malgré cette douceur de la vie, le passé surgissait parfois violemment dans l'esprit de Blanche. Il lui était d'autant plus douloureux qu'elle ne s'y attendait pas, l'ayant cru enfermé dans une enceinte sûre, dont elle tenait soigneusement les accès fermés. Alors, malgré cette nouvelle vie, malgré les charmes de la ville et de la plaine, elle n'était plus sûre de lui échapper. L'angoisse la réveillait la nuit, la faisant se dresser en sueur dans son lit. Elle avait beau faire, le monstre était encore là, menaçant, et risquait à nouveau de l'attirer vers le gouffre dont elle avait si peur.

Heureusement, la rentrée scolaire d'octobre, qu'elle avait tellement attendue, l'occupa assez pour lui faire franchir le cap difficile de sa nouvelle existence. Elle retrouva des habitudes qui, même si elles suscitèrent des souvenirs douloureux, ancrèrent sa vie dans une réalité protégée : allumer le poêle le matin la rassurait, comme la rassurait le fait de verser de l'encre violette dans les encriers de porcelaine ou d'écrire la date du jour et les devoirs au tableau, au moyen d'une craie dont l'odeur, malgré la guerre, malgré le malheur, était demeurée la même.

31

Ce premier hiver, il n'y eut pas de neige. Blanche l'aperçut tout là-haut, au sommet de la montagne de Vaux, mais la neige ne descendit pas jusqu'à la ville. Blanche y lut un heureux présage, même si janvier et février furent des mois difficiles. Car la blessure, elle le sentait, était toujours présente en elle, à peine endormie. Un dimanche après-midi, se sentant très mal, Blanche alla jusqu'à l'église et demanda à voir un prêtre. Ce ne fut pas un geste vraiment réfléchi, mais une sorte de réflexe. Comme à l'hôpital à Paris, comme à Palavas, elle avait besoin de parler, de laisser couler hors d'elle les images d'effroi qui la submergeaient encore, au moment où elle s'y attendait le moins. Elle aurait pu se confier à Adrienne, mais elle y avait renoncé, pensant qu'il ne fallait pas que ce passé trop douloureux s'installe dans le quotidien. C'eût été lui donner trop de place, risquer de se faire ensevelir pour toujours. Elle avait donc décidé de

ensevelir — to shroud, bury myself

parler à une personne qu'elle ne connaîtrait pas, et l'idée de s'adresser à un prêtre lui avait paru la plus naturelle.

Celui qui la fit entrer dans son bureau où régnait une odeur de bougie et dont les murs, couverts d'étagères pleines de livres, inspiraient le respect, était un homme âgé d'une soixantaine d'années, brun, plutôt rond, mais avec quelque chose d'assuré, de ferme, dans le regard. Il la fit asseoir en face de lui et, après s'être étonné de ne pas la connaître, lui demanda ce qu'il pouvait faire pour elle.

– Je suis institutrice, dit-elle. Je n'habite Nyons que depuis six mois.

– Vous n'assistez pas aux offices, observa-t-il calmement, sans que sa voix trahisse le moindre reproche.

– Non, répondit Blanche, je viens seule, de temps en temps, en dehors des heures de messe.

– Et vous priez ?

Blanche attendit quelques secondes et répondit doucement :

– Non, je ne peux pas prier.

– Vous pouvez peut-être me dire pourquoi.

Et, comme Blanche ne s'y décidait pas :

– C'est pour ça que vous êtes venue, non ?

– Je peux vous expliquer pourquoi, en effet,

fit Blanche, qui avait perçu un peu d'impatience dans la voix du prêtre.

Et elle se mit à parler, à raconter ce qu'elle avait vécu depuis son arrestation à Saint-Julien : la torture, l'horreur des wagons, l'arrivée dans le camp, le hangar où on l'avait tondue, les latrines collectives, la mort partout, l'odeur des fours, l'assassinat d'Armande, la folie toute proche. Elle parla longtemps à mi-voix, sans regarder le prêtre, comme si elle avait honte, d'une voix douce mais implacable, qui s'éteignit sur la fin sans le moindre sanglot. Quand ses yeux se portèrent sur le prêtre qui ne l'avait pas interrompue, elle se rendit compte qu'il pleurait.

– Pourquoi êtes-vous venue me raconter tout cela à moi ? demanda-t-il.

– Pour que vous me disiez où est Dieu dans tout ça.

Elle ajouta, tout bas :

– Si vous le pouvez.

Le prêtre réfléchit un instant. Il paraissait désemparé. Il trouva pourtant une réponse qui le fit se redresser quelque peu :

– Dieu était sans doute dans la voix qui vous a dit de ne pas monter dans les camions et dans celle d'Armande qui vous a sauvé la vie.

– Mais pourquoi a-t-il permis que des hommes et des femmes traitent ainsi d'autres hommes et d'autres femmes, les humilient, les frappent, les torturent, les assassinent comme s'ils n'étaient rien, des sous-hommes, comme ils disaient : *untermensch* ?

Elle ajouta, comme le prêtre ne répondait pas :

– Et les enfants séparés de leur mère, assassinés aussi, brûlés dans des fours à cinq ans, six ans ?

Il y avait une véritable souffrance dans la voix du prêtre quand il murmura :

– Je ne sais pas. Sans doute sommes-nous trop petits pour le comprendre, deviner des desseins qui nous dépassent.

– C'est tout ce que vous avez à dire ? fit Blanche d'une voix froide en se levant.

– Non, dit-il. Attendez.

Il parut chercher quelque chose, fouiller dans sa mémoire, murmura :

– Il a voulu nous laisser libres dans cette vie terrestre, et c'est pourquoi il n'est présent que dans notre conscience, pas dans nos actes.

– Dans notre conscience ? releva Blanche, mais dans la conscience de qui ?

Le prêtre baissa la tête et Blanche s'en voulut, tout à coup, de s'en prendre à lui, de l'ébranler dans ses convictions, alors qu'il tentait de l'aider.

– J'ai failli devenir folle, dit-elle.

– Mais vous ne l'êtes pas devenue, observa-t-il. C'est qu'il veillait sur vous.

– Pourquoi moi ?

– Parce que vous lui ressemblez, que vous êtes beaucoup plus proche de lui que vous ne le pensez.

– Armande aussi lui ressemblait.

Le prêtre ferma les yeux un instant, parut se recueillir, puis il les rouvrit et reprit :

– Sans doute était-elle allée jusqu'au bout de son chemin. Elle n'avait plus rien à apprendre des hommes, c'est pour cette raison qu'il l'a rappelée à lui.

– Et Julien, reprit Blanche, il n'avait rien à apprendre non plus ?

– Je veux croire que non.

– Nous avions toute la vie devant nous.

– Vous le retrouverez un jour.

– Comment pouvez-vous en être sûr ?

– Je n'en suis pas sûr, dit le prêtre. Je l'espère de toutes mes forces.

Cette humilité soudaine brisa la colère de Blanche. Elle comprit qu'il n'y avait pas de secours à ce qu'elle avait vécu. Pas de réponse, non plus, sinon celle qu'elle trouverait en elle-même. Mais de parler, de confier toute sa douleur lui avait fait du bien. Sauvée une nouvelle fois, sans doute.

– Je vous remercie, dit-elle.

Le prêtre parut reprendre de l'assurance, mais sa voix demeura douce quand il proposa :

– Vous pouvez revenir quand vous voulez.

Et après une hésitation :

– Vous m'avez brûlé jusqu'aux os. Je ne pensais pas un jour vivre une telle épreuve. Qui sait si ce n'est pas pour ça que vous êtes restée en vie ?

– Non, dit Blanche, certainement pas. Et je ne crois pas que je reviendrai vous voir.

– Même si c'est moi qui vous le demande ?

– Même si c'est vous.

Elle conclut en se levant :

– Je ne guérirai jamais.

– On ne sait pas ce que la vie nous réserve.

– Quand on a vécu ce que j'ai vécu, on sait tout de la vie, des hommes et de ce dont ils sont capables.

Le prêtre la raccompagna jusqu'à la porte, la prit par le bras.

– Moi, je ne sais rien, mais j'espère, et c'est cette espérance qui me porte chaque matin.

– Vous avez bien de la chance, dit Blanche.

– Je vous souhaite de la connaître un jour.

Il la prit par les épaules, répéta :

– Je vous le souhaite sincèrement, de toutes mes forces.

Blanche remercia et partit dans la nuit qui était tombée. Dès qu'elle sortit de la vieille ville, elle aperçut la lumière d'une lampe dans l'appartement d'Adrienne. Elle frissonna, mais elle se hâta de rentrer avec, en elle, l'impression de s'être délestée de ce fardeau si lourd qui menaçait toujours de l'écraser.

se délester de   to get rid of /
délester   to relieve somebody of

le fardeau   burden, load
                  millstone

32

Depuis qu'elle avait repensé à ce prêtre, elle le revoyait souvent, chaque jour, à la tombée de la nuit. Elle se reprochait d'être allée vers lui comme vers un coupable, avec colère, avec envie de faire mal, d'infliger à quelqu'un d'autre sa propre douleur. Il est vrai, pourtant, qu'à partir du moment où elle avait pu se libérer d'un peu de sa souffrance, elle s'était trouvée mieux, avait pu regarder plus facilement vers l'avenir. D'autant que le premier printemps de Nyons avait été magnifique. Partout des fleurs blanches, partout une douceur de l'air dont la suavité la surprenait, dès le matin, quand elle ouvrait sa fenêtre.

Un dimanche de la fin avril, elle monta se promener sur les pentes de la montagne de Vaux qui avaient reverdi. Elle s'arrêtait toutes les cinq minutes pour regarder, en bas, les toits roses entre les vergers, les arbres au vert tendre au bord de la rivière, quand, tout à coup, elle sentit un vent tiède dans ses cheveux. Un souffle.

Une caresse. Le vent de toujours. Julien. La vie après la mort, toujours. Ce fut comme si elle percevait sa présence, comme si son bras prenait le sien, comme s'il s'appuyait sur elle. Il lui sembla qu'il était plus présent dans ce vent qu'il ne l'avait été durant sa vie, ou plutôt qu'il y serait présent éternellement, puisque chaque printemps avait le pouvoir de le ramener vers elle. Elle eut alors la conviction que c'était dans le monde et dans ses manifestations que se trouvaient les réponses qu'elle se posait, que la vie ne s'éteignait jamais complètement, qu'elle se mettait en sommeil quelque part pour mieux renaître avec le printemps, que Julien l'attendait ailleurs, dans une existence qui ne serait pas menacée.

Ce fut vraiment à partir de ce jour que l'espoir revint en elle, qu'elle recommença à vivre en souffrant un peu moins. Son chemin s'ouvrit sur des petits bonheurs, sur des journées où les enfants prenaient de plus en plus de place, les éclairant d'une lueur plus chaude. Elle retrouva les plaisirs qu'elle avait crus enfuis du poêle du matin, des odeurs de l'encre et de la craie, des leçons à préparer, des lectures à choisir, des cahiers à corriger, des regards à comprendre, des enfants à aider.

Elle put enfin nouer une relation normale avec l'instituteur arrivé en octobre et que, jusqu'à ce jour, elle avait paru ne pas voir. Il s'appelait Alain Ruard, était célibataire, âgé d'une trentaine d'années, originaire de Valence. Il avait regretté auprès de la directrice les maigres contacts avec sa collègue du cours préparatoire, mais celle-ci lui avait expliqué en quelques mots ce qu'il devait savoir. Dès lors, il avait pris soin de ne pas franchir la distance que Blanche avait creusée entre elle et le monde, mais cette femme si secrète, près de lui, attirait malgré tout cet homme un peu gauche dont la fragilité, dans son métier, étonnait. Il était brun, avait les yeux noirs, mais à part ces traits de visage rien, en lui, ne rappelait Julien : une calvitie précoce dégarnissait son front, un léger embonpoint donnait à sa démarche quelque chose de mal assuré, de maladroit. Le léger sourire qui éclairait sans cesse ses lèvres trahissait une timidité, une bonté que Blanche n'avait jamais remarquées jusqu'à ce que, un soir de ce printemps-là, après avoir longtemps hésité, il ne l'invite à dîner.

– Je vous remercie, répondit-elle, mais je ne dîne pas le soir.

– Alors un jour à midi, peut-être ?

– Ce n'est pas nécessaire.

Elle ajouta, sans la moindre chaleur dans la voix :

– D'où je viens, j'ai pris l'habitude de peu manger.

195

Il blêmit, l'évita pendant les jours qui suivirent, y compris pendant les récréations qu'ils étaient censés surveiller ensemble. Blanche se rendit compte qu'elle l'avait blessé, s'en voulut, se dit qu'elle devait cesser de faire payer à ses semblables la douleur qui l'habitait encore, malgré ses efforts pour s'en libérer. Elle alla vers lui, un soir, après l'étude, à l'heure où les derniers élèves partaient. C'est tout juste s'il ne trembla pas en la voyant s'approcher de son bureau d'où il ne trouva pas la force de se lever.

– Il ne faut pas m'en vouloir, dit-elle, certains jours, je ne suis pas sûre d'être encore en vie.

Elle baissa la voix :

– Tous ceux que j'aimais sont morts.

– Je sais, dit-il, pardonnez-moi, je ne voulais pas vous brusquer, simplement vous aider.

– Personne ne peut m'aider, dit-elle.

Et, devant son air accablé :

– Pas encore.

– Merci, Blanche, bredouilla-t-il.

– Et de quoi donc ?

– De m'avoir parlé, enfin, et d'être là, simplement.

Ces trois derniers mots l'avaient touchée plus qu'elle ne se l'avouait. Derrière son sourire, il y avait aussi chez cet homme de la délicatesse, une sorte de douceur qui lui faisait du bien, l'apaisait. Elle avait cru que le monde entier n'était que

196

douleur et il y avait peut-être là, près d'elle, un baume pour ses blesssures. Dès lors, elle ne refusa pas de passer plus de temps avec ce collègue qu'elle intimidait tellement. Notamment le dimanche après-midi, sur les pentes de la montagne, ou alors le soir, dans la cour bordée de platanes, avant de se coucher. La directrice voyait d'un œil favorable cette relation nouvellement installée entre eux. Elle considérait qu'un homme comme Alain Ruard, avec sa bonté naturelle, sa douceur un peu féminine, pouvait aider Blanche à oublier ce passé redoutable qui continuait de la hanter.

Et ce passé surgissait parfois soudainement, la foudroyant dans l'instant : ce jour où, par exemple, Alain lui parla d'un livre qu'il venait de lire. Tout à coup, ce ne fut plus lui, mais Julien. Elle pâlit, se ferma, se mit à trembler et le quitta sans un mot. Un matin, Alain voulut l'aider à allumer le poêle de la classe, et il sembla à Blanche que c'était Julien qui se trouvait à côté d'elle. Elle lui intima l'ordre de s'en aller et il obéit sur-le-champ, cherchant vainement à comprendre ces sautes d'humeur, mais sans en vouloir vraiment à Blanche. Enfin, un soir, après l'étude, il vint dans sa classe et s'assit naturellement sur un banc au premier rang, comme Julien l'avait fait dès le premier jour de leur rencontre. Cette fois-là, Blanche resta une semaine sans adresser la parole à son collègue qui s'inquiéta auprès de la directrice de ce qui se passait.

– Ne faites pas attention, répondit celle-ci. Il faut lui laisser le temps. Quand on a vécu ce qu'elle a vécu, un rien peut faire ressurgir le passé. Respectez son silence et je suis certaine qu'elle vous en saura gré un jour.

Il partit chez ses parents lors des grandes vacances, tandis que Blanche demeurait à Nyons, près d'Adrienne. Avec elle, elle parvenait à trouver les mots, à présent, et elle se confiait de plus en plus. Parler lui faisait du bien. Elle l'avait vérifié auprès du prêtre l'hiver précédent, et ses conversations avec Adrienne, aujourd'hui, lui étaient profitables aussi. Elle se sentait moins seule pour porter le fardeau de souvenirs toujours aussi dévastateurs.

Adrienne approchait de la retraite. Elle était originaire d'un village situé à proximité de Die, au pied du Vercors, de parents paysans. Veuve jeune, elle ne s'était jamais remariée. Et, pourtant, elle poussait Blanche à accepter la compagnie d'Alain Ruard, car elle savait combien la solitude est éprouvante, de plus en plus difficile à vivre, les années passant. Mais elle savait aussi que Blanche n'était pas prête à envisager une relation avec son collègue. C'était beaucoup trop tôt. Elle n'avait pas encore relégué assez loin

198   à mon gré to my liking
elle a toujours agit à son gré
she had always done as she pleased

d'elle ce qu'elle avait subi. Il fallait user de patience, mais Adrienne n'en manquait pas.

Elles avaient pris l'habitude de manger ensemble le soir, un jour chez l'une, un jour chez l'autre. L'été faisait couler sur la ville et la campagne alentour des flots de lumière au sein desquels miroitaient les éclairs des oliviers. Après le repas, les deux femmes marchaient le long de l'Eygues entre les vergers ou montaient sur les pentes de la montagne pour regarder tomber la nuit. Un soir, alors qu'elles redescendaient dans l'odeur des plantes et des fruits chauds, Blanche demanda tout bas, si bas qu'Adrienne entendit à peine :

– Pourquoi tout cela est-il arrivé ?

Et, comme Adrienne ne répondait pas, trop surprise par la question, déplacée en ces lieux, à cette heure, dans cette douceur du monde :

– Comment cette abomination a-t-elle été possible ?

– Tout est possible dans ce monde, répondit Adrienne, le pire comme le meilleur. Il faut tenter de se battre contre le pire et tâcher de bâtir le meilleur.

Elle se rendit compte que Blanche pleurait sans bruit.

– C'est à cela que doit servir l'école : préparer les enfants pour qu'ils soient capables de s'opposer à la folie des adultes, qu'ils défendent d'autres idées que celles de la force et du mépris, pour qu'ils construisent un autre monde.

Elle ajouta, après une hésitation :

– Il faut bien dire qu'elle a un peu failli, notre école. Combien de ses enfants se sont laissé attirer par la collaboration ? Beaucoup plus que nous ne l'aurions souhaité, sans doute. Mais nous, aujourd'hui, nous savons jusqu'où peut aller la folie des hommes. C'est là notre tâche, Blanche, et la vôtre surtout, car vous êtes jeune et vous aurez le temps d'agir sur les esprits. Rendez-vous compte de votre pouvoir ! Faites-en le but de votre vie. Ainsi, elle sera utile, puisque c'est la question que vous vous posez, je le sais bien. Faites en sorte que cela ne se reproduise jamais. Dites-vous que c'est pour cette raison que vous avez survécu.

Cette nuit-là, Blanche dormit mieux. Par la fenêtre ouverte arrivaient les parfums des fruits, le murmure des arbres qui parlait d'une vie où des enfants vivaient dans un monde sans aucune menace.

33

En ce matin de la fin mars, il y avait eu comme un signe avant-coureur du printemps. Une brèche dans le ciel, une lueur différente au-dessus des montagnes, une tiédeur soudaine. Cela n'avait pas duré, le ciel s'était recouvert aussitôt, le froid avait dévalé les sommets avec la même force que la veille, mais Blanche avait pensé à la fin de l'hiver, à une promesse, à l'avènement des beaux jours. L'espoir avait grandi en elle. Elle n'avait pas essayé de sortir, car le balcon et l'escalier étaient toujours verglacés, mais elle avait pensé à Evelyne, à sa proposition d'acheter un appartement à Marseille. Une fois de plus, Blanche avait tenté de se persuader qu'elle allait finir par accepter. Comment pourrait-elle revivre un autre hiver ici ? Après l'accident de janvier, elle savait que c'était impossible. Elle partirait donc, puisqu'il le fallait. Mais avant le prochain hiver, viendrait ce printemps dont elle avait deviné l'approche, viendrait aussi l'été dont elle se promettait de profiter en se rapprochant encore plus de Julien. Après, ma foi, il serait bien temps d'aviser.

Elle se sentait bien, ce matin, en ouvrant son cahier. Elle retrouvait la force qui était la sienne à l'époque où elle avait recommencé à vivre, affermie par Adrienne dans sa résolution. Oui, ne penser qu'aux enfants, non pas leur raconter dans le détail ce qu'elle avait vécu – c'eût été trop violent, trop atroce pour eux –, mais leur enseigner le respect des autres, la générosité, le courage, la solidarité. Bien choisir le texte des lectures et des dictées, expliquer, convaincre, laisser dans ces esprits malléables une trace ineffaçable, ériger en eux le roc qui ne se fissurerait jamais, même dans les circonstances les plus périlleuses. C'était ce à quoi elle s'était consacrée, et de toutes ses forces.

Les jours, les semaines et les mois avaient peu à peu relégué le passé derrière une nécessité, un devoir qui lui procuraient l'apaisement auquel elle aspirait. Alain Ruard, par sa présence fidèle, l'y aidait. Jamais il ne franchissait la frontière qu'elle avait dressée entre elle et lui. Et, cependant, il était là, souriant, patient, émouvant dans le respect qu'il lui témoignait.

Elle finit par comprendre que ce sourire, cette attention, cette présence lui étaient devenus indispensables. Elle lui en fit la confidence un

202

dimanche de mai, alors qu'ils marchaient sur le chemin de la montagne. Jamais elle n'avait vu un homme aussi heureux.

– J'en rêvais, mais je ne l'espérais plus, lui dit-il. Blanche, vous venez de combler tous mes vœux. Je vous en saurai gré toute ma vie.

Quand il lui parla de mariage, un mois plus tard, elle ne s'en offusqua pas, car depuis quelque temps elle avait envisagé toutes les éventualités, y compris celle-là : elle permettait de remplir dignement les conditions d'une existence irréprochable dont devaient s'acquitter tous les instituteurs et elle comblait le vide d'une solitude où le passé demeurait trop présent.

Ils se marièrent au mois d'août de l'été 1948, et Blanche sut, dès les premiers jours de leur cohabitation, qu'elle avait eu raison : son époux avait compris qu'il ne fallait surtout pas ressembler à celui qu'elle avait perdu, qu'il devait lui apporter autre chose, s'efforcer de ne pas réveiller ses blessures, mais, au contraire, les guérir définitivement en ne parlant que de projets, d'avenir, de la beauté du monde que les couleurs de l'été exaltaient sur les collines assoupies dans le bleu du ciel.

L'année suivante, en mars, un matin, Blanche lui annonça qu'elle attendait un enfant. Les yeux noirs se levèrent vers elle avec cette fragilité qui la bouleversait tellement.

– Un enfant ? demanda-t-il.

– Oui, un enfant. Ce sera pour le mois de novembre.

Il s'était approché d'elle, l'avait serrée dans ses bras, d'abord doucement, longtemps, longtemps, puis avec une force dont elle l'aurait cru incapable. Enfin, il l'avait lâchée, s'était assis de nouveau, mais son regard ne l'avait plus quittée et il lui avait semblé que ce qu'elle y lisait l'avait délivrée à jamais de l'amertume de la vie.

A partir de ce jour, comme s'il avait peur de lui faire mal, il ne l'avait plus touchée et avait paru embarrassé de ses mains. Et pourtant, bizarrement, il s'était montré plus proche, plus attentif que jamais, comme s'il la croyait en danger. Ce fut durant ces mois-là qu'elle comprit à quel point, sans jamais le dire, car demeurait toujours en lui la crainte de la blesser, il l'aimait.

Elle parvint à faire la classe jusqu'à la veille de mettre sa fille au monde, un 16 novembre. Elle ressentit les premières douleurs le matin vers cinq heures, prévint Alain, afin qu'il aille chercher la sage-femme. Celle-ci aida Blanche à donner le jour à une fille un peu avant midi. Sa fille. Une chair chaude contre la sienne, un immense soulagement, une grande joie à laquelle elle ne croyait plus. Et désormais la certitude que la vie de son enfant passerait avant

204

la sienne, qu'elle devait oublier tout ce qui ne concernait pas cette enfant, qu'il y avait de la place à l'avenir pour un peu de bonheur.

Les années qui avaient suivi cette naissance avaient été des années bénies. Aussi bien parce que Evelyne occupait Blanche constamment, qu'en raison de la simplicité paisible de la vie dans les années cinquante. On vivait encore dans le soulagement de l'après-guerre et l'on se satis- faisait de peu de chose : une promenade sur les pentes de la montagne, un pique-nique sur la berge de la rivière, un bon repas le dimanche, une pâtisserie de temps en temps, un vêtement neuf, de menus cadeaux à Noël. Evelyne gran- dissait près de Blanche et de son père sans le moindre problème, sautant une année, déjà, car elle avait appris à lire auprès de sa mère, le soir, après l'étude.

A l'école, Blanche exerçait son métier avec la même passion. Elle ne laissait même pas à Alain le soin d'allumer le poêle le matin, ni celui de remplir les encriers. Il se montrait toujours aussi prévenant, aussi attentionné. Elle savait qu'elle ne l'aimait pas vraiment, mais elle savait aussi qu'elle aurait du mal à se passer de lui. Ce qu'elle aimait, c'était précisément cette présence attentive, souriante, fragile mais d'une sincérité émouvante. Le temps était si léger, à cette épo- que de sa vie, que Blanche ne le sentait pas passer. Les années se posaient sur elle comme duvet de pigeons, l'une remplaçait l'autre sans ces aspérités de la vie qui les retiennent, les ancrent dans la mémoire, leur donnent le poids nécessaire pour ne pas tomber tôt dans l'oubli.

34

Le voile de ce bonheur insouciant se déchira le jour où Evelyne, à dix ans, partit au collège. Certes, il n'y avait pas loin de l'école primaire au collège, mais Blanche pressentit dans ce premier départ une perte prochaine d'une plus ample gravité. Et quand elle nouait un cache-nez autour du cou de sa fille, le matin, c'était comme si elle désirait l'attacher à elle, se refusait à laisser s'éloigner ce qu'elle possédait, à présent, de plus précieux. Pourtant la petite partait, se retournant à la grille et agitant la main le temps de disparaître, et Blanche, malgré elle, pensait à celui qui, un jour, avait franchi la grille pour ne plus revenir.

Ce fut bien plus douloureux, quatre ans plus tard, quand Evelyne entra comme pensionnaire, en seconde, au lycée de Valence. La présence de son époux fut alors pour Blanche d'un grand secours. Sans lui, elle n'aurait pas franchi l'épreuve, persuadée qu'elle était qu'une séparation pouvait devenir définitive si l'on n'y prenait garde. Elle avait beau faire, elle ne pouvait pas s'ôter cette idée de la tête et souffrait plus que de raison. Heureusement, Evelyne rentrait tous les huit jours, au terme d'une semaine que Blanche traversait en s'efforçant de reporter sur ses élèves les soins et l'attention qu'elle aurait témoignés à sa fille.

Adrienne était partie à la retraite, confiant à Blanche à quel point elle redoutait cette prochaine solitude, l'absence d'enfants, de rires et de cris dans la cour de récréation. Elle avait loué une maison à Montélimar, afin de se rapprocher de sa sœur. Blanche faisait maintenant fonction de directrice. Elle avait accueilli un jeune couple d'instituteurs, ce qui portait à quatre les enseignants de l'école. Plus de responsabilités, plus de travail avaient contribué à accélérer la fuite des jours. Encore trois ans et Evelyne partit à l'université, à Lyon. Tout allait trop vite pour Blanche qui tentait vainement de retenir ces semaines, ces mois qui passaient dans la compagnie de son mari, de ses collègues et de ses élèves, dans ce nid au creux de collines où le froid des hivers ne descendait jamais.

Evelyne revenait moins souvent, tout changeait, même l'école, après 1968. L'emploi du temps ne comptait plus que vingt-sept heures au lieu de trente : dix heures de français, cinq de calcul, six d'éducation physique et six d'éveil. En fait, les six heures d'éducation physique se résumaient à deux qu'assuraient Alain et son nouveau collègue, dans la cour, entre les platanes. Les compositions et les classements étaient déconseillés, les notations en lettres préconisées, qui rendaient impossible le calcul des moyennes. Les classes de fin d'études étaient progressivement supprimées, ce qui signifiait que l'école primaire cessait d'être une école dont on sortait pour aller au travail, mais plutôt pour poursuivre des études.

Blanche s'adaptait de son mieux : elle n'était pas hostile à ce que ses élèves, comme sa fille, poursuivent leurs études au collège. Non, ce qui la dérangeait, c'étaient les conseils de classes, au cours desquels elle devait souvent expliquer ses orientations, ses méthodes, l'utilisation qu'elle faisait des heures d'éveil. Elle n'aimait pas avoir à se justifier auprès de l'inspecteur, un homme ambitieux, sceptique et cassant, très différent de tous ceux qu'elle avait côtoyés jusqu'alors.

L'école changeait, comme changeait le monde à la suite des convulsions qui agitaient le pays. A Nyons, cependant, la vie demeurait paisible,

209

sans véritable menace. Et puis, en comparaison de ce qu'elle avait vécu, ces agitations paraissaient vraiment dérisoires à Blanche. Aussi garda-t-elle de ces années l'impression d'avoir trouvé un port, un bonheur un peu vague qui la portait sans souffrance, de jour en jour, vers une retraite à laquelle elle s'efforçait de ne pas penser...

Un rayon de soleil, en se posant sur son cahier, lui fit lever la tête. Elle soupira, posa son stylo, ferma son cahier, se leva, s'approcha de la fenêtre, observa les marches de l'escalier qui ne brillaient plus comme au matin. Il allait être midi, elles n'étaient plus verglacées. Blanche s'habilla pour sortir, descendit lentement en se tenant à la rampe. Dans son jardin, munie de son sécateur, elle se mit en devoir de tailler ses arbustes et ses rosiers. C'était un peu tard, mais chaque année elle se laissait surprendre. Tant pis : elle faisait confiance à la sève qui monterait bientôt. Ses roses étaient adaptées aux conditions extrêmes de la montagne, et ses arbustes également.

Tout en taillant les tiges mortes, elle pensa à Evelyne, s'efforça de s'imaginer là-bas, à Marseille, mais décidément, elle n'y parvenait pas. Une fois de plus, elle repoussa cette idée, tenta de penser seulement au printemps qui s'annonçait. Elle allait pouvoir de nouveau redescendre à l'école. Julien l'attendait là-bas, sur le banc, devant le tableau. C'était pour lui qu'elle était revenue. C'était pour lui qu'elle resterait ici.

35

En cette nuit du début du mois d'avril, elle ne dormait pas mais restait couchée car elle ne se sentait pas très bien. Les yeux grands ouverts dans l'obscurité, elle pensait à la disparition d'Alain, en 1978. Une maladie foudroyante, trois mois de souffrance muette, l'hôpital, et puis la fin. Ce qu'elle revoyait le mieux de ce temps-là, c'étaient ses yeux, son silence, comme ceux des bêtes qui savent qu'elles vont mourir. Et puis, de nouveau, la solitude – pas tout à fait, heureusement, car il lui restait sa fille. Les enfants de l'école aussi, qui peuplaient son existence de leur jeunesse, de leurs rires, de leurs cris.

Blanche savait ce qu'était le courage, où le puiser en elle. Elle se sentait bien à Nyons, dans la douceur des vergers, de la plaine, des parfums des fleurs et des fruits. Elle avait été sollicitée pour devenir professeur d'enseignement général dans un collège, mais elle avait refusé. Elle aimait l'école primaire, devinait que, grâce à elle, elle demeurait fidèle à ce qu'elle avait vécu à Chalière. Et puis elle n'aurait pu se passer d'une salle de classe unique : la sienne, où il lui semblait aborder à une île chaque matin, une île protégée, à l'écart des tempêtes du monde, des chagrins de la vie. Elle s'occupait maintenant des CM1 et des CM2 : les plus grands, ceux qui allaient partir vers une autre vie, comme l'avait fait sa fille. Elle choisissait les livres avec soin, regrettait de ne plus avoir à remplir les encriers depuis l'arrivée des stylos à plume, mais rien n'avait remplacé les craies, ni la brosse, ni le tableau noir. Sa vie était enclose dans ce monde-là et, malgré les disparitions, elle parvenait à la rendre heureuse. Car Blanche avait décidé de la vivre du mieux possible, sachant que le temps qui passait la conduisait vers un désert où les enfants lui manqueraient beaucoup...

La douleur dans sa poitrine, cette nuit, commençait à l'inquiéter. Au lieu de s'estomper, elle augmentait comme si un étau la serrait à la gorge. Elle tenta de se lever, mais la chambre se mit à tanguer autour d'elle. Elle se recoucha, sentit la sueur sur son front, la douleur qui augmentait encore, se demanda si elle n'allait pas mourir. Elle tenta de respirer lentement, doucement, mais sa poitrine se soulevait difficilement.

s'estomper - to fade away, diminish
un étau - vice, noose

Tout d'un coup, elle comprit, le mot infarctus
s'imposa à son esprit. On n'en meurt pas forcément. Pas toujours. Elle s'efforça de faire le vide
en elle, les minutes passèrent, elle pensa à Julien,
se félicita une nouvelle fois d'être revenue
près de lui. Cette idée l'apaisa quelque peu.
Elle se détendit. La douleur reflua lentement,
mais Blanche n'osait pas bouger. La nuit, autour
d'elle, s'était refermée sans laisser apparaître la
moindre porte à pousser. Elle était seule comme
elle avait choisi de l'être depuis qu'elle était
remontée sur le plateau.

Comment l'idée lui était-elle venue ? C'était
là-bas, à Nyons, juste après la retraite. Elle avait
trouvé un bel appartement sur la place, en face
de l'école. Elle entendait les cris des enfants
chaque matin dans la cour, elle avait gardé des
contacts avec les maîtres et les maîtresses qu'elle
avait accueillis quand elle était directrice, elle se
promenait sur les sentiers de la montagne de
Vaux, le long de la rivière, aidait à cueillir les
olives et les fruits, trouvant dans cette activité
assez de plaisir pour l'attendre chaque année
avec impatience.

Et puis, un soir, sans aucune raison, elle s'était
évanouie. D'abord, elle n'avait pas voulu y
accorder d'importance, mais cela s'était repro-
duit huit jours plus tard. Alors, elle avait consulté
un médecin qui avait ordonné des examens, les-

214

quels avaient conclu à une grave insuffisance cardiaque. Ses jours étaient comptés. Ce fut la nuit qui suivit ce verdict qu'elle avait décidé de revenir sur le plateau, de se rapprocher de Julien, au prix d'une solitude dont elle savait qu'elle aurait à souffrir. Mais elle savait aussi qu'elle devait renouer le lien qui l'avait unie à lui pour être sûre de le retrouver un jour, du moins l'espérait-elle. Ce n'était pas une idée raisonnable, c'était plutôt une sensation, un instinct, le fruit d'une nécessité qui s'était imposée à elle dans une terrible clarté.

– Enfin, maman, qu'est-ce qui te prend ? s'était insurgée Evelyne à qui elle avait téléphoné. Tu ne te souviens donc pas combien tu as souffert là-haut ? Si seulement tu m'expliquais, peut-être que je pourrais comprendre.

Il n'y avait rien à expliquer. Au terme d'une vie surgissent souvent des évidences, car l'écume des jours se dissipe. Alors on discerne mieux l'essentiel, ce qui au bout du chemin a compté, le plus précieux, ce qu'il faudra un jour emporter avec soi, l'heure venue.

Rien n'avait été facile, au demeurant. Elle avait dû préparer avec soin son déménagement. Surtout ne pas oublier les cahiers, les livres de classe, tous ses souvenirs de Nyons, ce que le temps avait accumulé sans qu'elle s'en rende compte. Elle avait bien senti qu'il s'agissait là d'une nouvelle déchirure, mais elle était partie quand même. Et pour mieux couper les ponts derrière elle, elle ne s'était pas contentée de louer, mais, grâce aux économies de toute une vie, elle avait acheté le petit chalet dans lequel elle vivait aujourd'hui.

Cette nuit, tandis que la douleur refluait lentement, la délivrait de sa peur, elle savait qu'elle avait eu raison.

36

Toute la neige avait fondu dans le jardin et Blanche avait annoncé à Edmond qu'elle irait ce matin faire ses courses seule. Elle était descendue sans se presser, elle avait acheté des pâtes et deux tranches de jambon puis elle était remontée en observant avec joie la terre délivrée de la neige, et dont la couleur, chaque année, la surprenait, comme si elle l'oubliait pendant l'hiver. Le soleil l'avait accompagnée sur la route étroite, jouant à travers les branches nues des arbres, jetant des éclats qui lui réchauffaient le cœur et le corps.

Quand elle arriva chez elle, vers onze heures, en se baissant pour ramasser un papier d'emballage tombé sur le carrelage, la douleur qu'elle connaissait bien vint serrer sa poitrine, sous sa gorge. Elle se traîna vers son divan, s'allongea à moitié, le buste appuyé contre le dossier. En respirant doucement, le plus doucement possible, la douleur s'estompa un peu. Elle ferma les yeux, pensa à ces années qui s'étaient écoulées depuis qu'elle était venue habiter à Chalière, au long chemin qu'elle avait suivi pour retrouver Julien.

Elle comprit qu'il était temps, qu'elle devait franchir l'ultime distance tant qu'elle en avait la force. Dès qu'elle eut moins mal, elle se leva, s'habilla, sortit sans fermer sa porte à clef, descendit au village pour prendre le car qui allait l'emmener où, depuis longtemps, elle avait décidé d'aller.

Elle redouta un instant d'arriver trop tard. Elle savait que le car partait à midi. Elle se hâtait malgré la douleur, qui, chaque fois qu'elle pressait le pas, renaissait dans sa poitrine. Elle ne voyait rien ni personne, tendue qu'elle était dans le but d'arriver à l'heure. Le car était là, sur la place. Elle y monta, paya, alla s'asseoir, ne bougea plus. Les minutes d'attente du départ lui parurent longues. Trois ou quatre personnes s'installèrent, mais Blanche ne tourna pas la tête vers elles. Surtout ne pas bouger, ne pas réveiller la douleur. Enfin, le car s'ébranla et Blanche se sentit soulagée.

Il roula lentement vers les gorges de la Bourne, sur une route qui décrivait des cercles étroits entre des sapins et des hêtres, puis il tourna à gauche pour prendre la direction de Rencurel. Il faisait beau. Blanche aperçut des fumées qui se diluaient dans le bleu du ciel, témoignant d'une vie secrète, cachée. Le car descendit encore un moment, longea un ruisseau, puis remonta entre des bois épais, dont les arbres fumaient sous le soleil. En une demi-heure, il arriva à la Balme de Rencurel où Blanche descendit.

Elle savait ce qu'elle devait faire car elle avait bien étudié la carte. Elle s'orienta, trouva sans difficulté le sentier qui partait vers la forêt des Coulmes. Elle le prit, marchant doucement, la poitrine de plus en plus douloureuse, la tête levée vers le soleil. De temps en temps elle s'arrêtait pour retrouver son souffle. Trois quarts d'heure lui suffirent pour parvenir à destination : les ruines d'une ferme où, devant la porte, avait été plantée une stèle de marbre, sur laquelle étaient inscrits sept noms.

C'était là. Enfin. La douleur dans sa poitrine contraignit Blanche à s'asseoir contre le socle de la stèle. Elle n'avait plus de forces. Elle se laissa glisser sur le côté, lentement, s'allongea, ferma les yeux, sourit en sentant quelque chose caresser ses cheveux. Un souffle chaud qu'elle venait de reconnaître : c'était le vent de toujours.

Aux Éditions Seghers :

ANTONIN, PAYSAN DU CAUSSE, 1986
MARIE DES BREBIS, 1986
ADELINE EN PÉRIGORD, 1992

Albums :

LE LOT QUE J'AIME
(Éditions des Trois Épis, Brive, 1994)
DORDOGNE,
VOIR COULER ENSEMBLE ET LES EAUX ET LES JOURS
(Éditions Robert Laffont, 1995)

Composition réalisée par IGS

Achevé d'imprimer en juin 2007 en France sur Presse Offset par

C P I
Brodard & Taupin

La Flèche (Sarthe).
N° d'imprimeur : 41273 – N° d'éditeur : 88114
Dépôt légal 1re publication : septembre 2005
Édition 04 – juin 2007
LIBRAIRIE GÉNÉRALE FRANÇAISE – 31, rue de Fleurus – 75278 Paris cedex 06.

664853 digital photograph

Tues 7-9